나의 어른에 대해서

나의 어른에

하소영 씀

대해서

내가 보는 세상과 이 책을 읽는 그대의 세상이 같을까 하는 생각.
나는 80억 명의 인구가 있다면 80억 개의 세상이 있다고 생각해요. 보는 시야와 각도가 각각 다르기에
모두 같은 세상에 살고 있다고 생각하지 않아요. 그래서 내가 살고 있는, 내가 보는 세상은 어떤 세상이냐고
내게 묻는다면… 명함처럼 이 책을 건넬 수 있도록 이 책에 내 세상을 담았습니다.

상상미디어

프롤로그

그날은 내가 예쁜 코스모스 하나를 길에서 만나서, 한 송이 꺾어서 주머니 속 고이 넣어 이곳저곳 자랑하며 다녔어요.
"내가 오늘 본 코스모슨데, 하얗고 예쁘게 피어 너에게도 보여주고 싶었어."
그렇게 말하며 한 명 한 명 나의 코스모스를 보여주고 다녔어요.

그런데, 보는 사람마다 이게 코스모스가 아니라 빨간 장미래요. 헷갈리기 시작했어요. 내가 보고 있는 이 꽃이 하얗게 꽃잎을 내린 코스모스가 아니라 빨간 장미라니. 내게 소중한 사람들이 한 명씩 그렇게 말을 하니, 내가 마지막 사람에게 이 꽃이 어떤 모습이냐고 물어볼 때는
"이 장미 예쁘지?"
라고 묻곤 집에 가서 일기에

'어여쁜 장미 한 송이를 보았다.'라고 담았어요.

내가 쓰는 일기에는, 내가 오늘 하루 특별한 일을 기록해 보자며 마음을 다졌는데, 막상 일기를 쓸 때는 더 대중적인 모습만, 더 아름다운 모습만을 담으려 내용을 하나하나 수정하다가 그렇게, 내 일기에는 아름다운 내 모습만이 보였어요. 난 하얀 코스모스보다는 쨍하고 밝은 장미가 더 보기 좋다고 생각했어요.

그렇게 내 일기에는 아름다운, 아름다웠던, 아름다울 내 모습만을 담았어요. 그때는 그게 '내 삶을 더 밝게 해줄 것.'이라고 생각했어요. 한 권을 모두 채우고 다음 일기를 꺼낼 때도 같은 일상을 반복하다가 문득 정말 힘들다고 생각이 들었던 날. 도움이 될까 꺼내 본 일기에는 아무도 가지 않아 형형색색 아름다운 꽃들이 피어있는 상상속 들판처럼 벌레 한 마리도 보이지 않았어요. 난 그 모습이 이상적이고, 내가 바라는 '나'일 줄 알았는데 진짜 나는 그 들판 속에 없다는 것을 알았어요. 내가 바라는 이상과 현실 속에서 난 내가 가장 솔직해야 할 공간에 더 예쁜 모습을 바라며 심었던 꽃 한 송이 바라볼 때도, 솔직하지 못했다는 것을 그때 알았어요. 그걸 알게 된 이후로 벌레 먹은 풀도, 꽃도, 열매도 그 모습 그대로 일기에 담기 시작했어요. 나약한 내 모습도, 멋졌던 나도. 단단해진 나도.

그렇게 일기를 쓰니 비로소 내가 보입니다. 다시 정말 힘이 든 날 꺼내어 본 내 일기를 보았을 때 씨앗도 심지 못하고 손에 쥐고 있어 아쉽던 그 씨앗들과 벌레 먹은 풀과 열매와 그 속에서 비로소 피어난 내가 피운 꽃 한 송이가 아름다운 것을 이제야 알겠네요.

저는 항상 노트의 첫 페이지는 비워두었어요. 고등학교에 올라와 쓴 5권의 일기와 공부를 할 때 쓴 노트 모두 첫 페이지가 비워져 있어요. 표지를 넘겼을 때 처음 나오는 반 장만 있는 첫 페이지에 내 처음을 담기에는 공간이 부족하다고 생각했었는데, 어쩌면 첫발을 내딛는 것이 두려웠을지도 모르겠네요.

이 책을 쓰는 지금도 첫 페이지에 담을 문장들의 무게를 어떻게 정해야 할지가 어려워서 첫발을 내딛기 어렵네요. 그래도 용기 내서 한 발짝 나아가 봅니다.

프롤로그 뒤에 나올 이야기들은 내 생각들의 나열이에요. 고등학교를 다니면서, 흘려보내기 아까운 생각들을 일기에 적어두었다가 이제 정리해 봅니다.

내 생각들을 나열하는데, 모두 내게 도움 되는 것만 담지 않았어요. 부정적인 생각들, 긍정적인 생각들 그리고 과거에는 그렇게 생각했지만, 지금은 생각이 바뀐 부분들까지. '지금의 색으로 과거의 색을 덮어 더 좋은 그림을 완성할까?'도 고민했는데 그렇게 하면 나를 온전히 투명하게 보이지 않는다고 생각하여 내 손때 묻은 글들에 먼지하나 털어내지 않고 최대한 전부 녹여내 봅니다. 이게 앞에서 말했던 내 일기입니다.

이 책을 쓰는 이 시점에 세계 인구가 80억 명이 넘었다는 뉴스를 봤어요. 그리고 가끔 '내가 사는 세상에 80억 인구가 다 같은 세상에 살고 있을까?'하는 질문을 내게 던질 때가 있어요. 내가 보는 세상과 이 책을 읽는 그대의 세상이 같을까 하는 생각. 나는 80억 명의 인구가 있다면 80억 개의 세상이 있다고 생각해요. 보는 시야와 각도가 각각 다르기에 모두 같은 세상에 살고 있다고 생각하지 않아요. 그래서 내가 살고 있는, 내가 보는 세상은 어떤 세상이냐고 내게 묻는다면… 명함처럼 이 책을 건넬 수 있도록 이 책에 내 세상을 담았습니다.

그래서 내가 보는 세상은…

차례

에필로그

해럴드는 마음을 최대한 추스르며 지금껏 자신이 느꼈던 생각들을 프로노스에게 다시금 천천히 읊었다.

"네게 소피란 어떠한 존재인지 너 자신에게 물어본 적이 있어?
추측건대 너에게는 정말 소중한 너의 형제이자 보물이겠지.
하지만 너는 그 이상을 보지 못해.
아니, 너는 그 이상을 볼 수 없겠지.
먼저, 소피가 네 형제이지만 몸이 허약하여 아픈 손가락인 것을 너와 함께했던 나는 그 누구보다 잘 알고 있지만, 대의를 준비하는 우리가 소피 때문에 매일 나약해져만 가는 너와 동행을 할 이유를 내게 답해주길 바란다.
너는 지금 매몰되었다. 소피가 아픈 것을 우리 모두가 공공연하게 알고 있으니 넌 우리가 모든 것을 이해하길 바란다.

아니, 넌 이미 우리가 너의 상황을 이해하지 못하는 것이 비정상이라고 생각하고 있을 것이다.

내가 지금 하는 말이 틀리지 않다고 생각이 든다면, 네게 주어진 행동의 결말은 하나다."

"소피를 죽여라."

01

"나는 누구인가?"

제1장 "나는 누구인가?"

···

이 이야기는 누군가의 기록에 의한 시작과 끝, 또는 또 다른 시작의 발판일 것이다. 나는 이 이야기 속 인물들을 대변해 줄 인물이다. 난 그저 전달자일 뿐이니. 먼저 프로노스를 소개하겠다.

프로노스는 누가 보아도 그저 평범한 삶을 사는 청소년이었다. 평범한 옷을 입고 평범한 차림새를 한 학생. 하지만 그것도 본인의 생각이지 그는 받은 용돈을 모두 유흥에 소비하고 어떻게 구했는지도 알 수 없는 담배는 항상 그의 왼쪽 주머니 한 편에 자리잡고 있었으며, 책은 단 한자도 읽어보지 않은 사람이었지만, 그는 모두가 자신과 같다고 생각하여 자신이 평범하기에 짝이 없다고 생각하였다. 좋게 생각하면 긍정적인 것이고, 나쁘게 보면 자신이 보고 싶은 대로만 세상을 보는 아이였다. 프로노스의 부모님은 쾌락으로 채워진 삶만을 추구하는 프로노스를 보며 성장이 느린 그의 쌍둥이 동생인 소피가 보고 배울까 두려워 프로노스를 막아보았지만 2차 성장이 지나고 동년배들보다 키가 큰 프로노스 본인도 힘으로 부모님을 막을 수 있는 것을 깨달았을 때부터는 더욱 막 나가기 시작했다. 그 때문인지 프로노스에게는 친구가 많지 않았다. 어릴 적부터 옆집에 살아 가족을 제외하고 가장 많은 시간을 보냈던 에드원과 동네 친구 백톰 정도. 하지만 프로노스는 친구가 적은 이유가 자신의 힘이 강하여 접근하지 않는다고 생각하였다. 오만하고 자신을 아예 모르는 것이다. 굳이 그의 장점을 찾아보자면 어릴 때와 같이 호기심을 참지 못하고 무엇이든 두들겨 보고 자신의 궁금점을 해결한다는 점을 꼽을 수 있을 것 같다.

에드원은 프로노스와 오랜 친구이다. 청소년기의 프로노스와 에드원은 아무 생각 없이 오늘의 쾌락을 좇기 바쁜 나날들이었다. 어느 하루는 여느 날과 다름없이 에드원과 프로노스는 아침 일찍 만나 거리에 나왔다. 평소와 다른 점이 있다면 거리 중간 전봇대 밑에 신문지를 깔고 동냥을 하는 노숙자 한 명이 새로 보이는 것뿐이었다. 이상하다는 생각도 잠시 에드원과 함께 갈 길을 나아갔다. 그렇다고 그들이 대단한 쾌락을 좇느냐? 사실 그렇다고도 볼 수 없었다. 그저 '힘들 때까지 밖에서 열심히 놀기' 정도라고 할 수 있다. 하지만 오늘 프로노스의 머릿속에서 아침에 보았던 노숙자의 모습이 떠나지 않았다. 왜일까? 프로노스 또한 머릿속에서 처음 보는 남자의 형상이 떠나지 않는 것인지 의문이었다. 그가 멋진 모습을 하고 있거나 본받을 만한 형색을 하고 있어 생각이 나는 것이었을까? 분명 아니었을 것이다. 결국 프로노스는 오늘을 마치고 집에 가는 길 에드윈과 함께 다시 그 거리로 향하였다. 그리고 그이는 아직 그 거리에서 같은 자세와 같은 모습으로 여전히 그곳에 머물러 있었다. 프로노스는 고민에 빠졌다. 질문을 하고 싶었던 것이다. 하지만 어떠한 질문을 해야 할지, 내가 궁금한 것은 무엇일지 자신조차 알 수 없었다. 곰곰이 생각하던 프로노스는 마침 지갑에 있던 지폐 한 장을 꺼내서 그에게 주었다. 일단 그 뒤에 그가 프로노스에게 행할 행동이 무엇일지부터 관찰해 보기로 했다. 하지만 돌아온 답변은 침묵이었다. 그리고 알 수 없는 손짓들. 그는 나에게 수화로 감사함을 표현하는 듯했다. 프로노스는 크게 당황하였다. 다음 행동을 어떻게 해야 할지 생각이 나지 않았다. 프로노스는 그에게 고개를 숙여 인사만 한 채 다시 갈 길을 나섰다. 프로노스는 머리가 터질 것만 같았다.
'내가 방금 무엇을 보고 온 것일까?', '나는 왜 모든 행동을 멈추고 아무것도 할 수 없었는가?'

프로노스는 자신 스스로에게 끊임없는 질문을 던졌지만 아무것도 답변할 수 없었다. 그렇게 프로노스와 에드윈은 아무말도 하지 않은 채 길을 걸었다. 천천히 한 발짝씩 분명 매일 걷는 길이고 오늘 아침에도 걸었던 이 거리가 이렇게 낯설게 느껴지는 이유는 무엇이었을까? 에드윈도 말은 하지 않았지만, 같은 마음이었을 것이다. 그렇지 않았다면 평소 말이 많던 프로노스가 침묵한 채 천천히 한 발 한 발 신중하게 내딛는 것에 대한 질문을 했을 것이다. 시간이 지나고 프로노스와 에드윈은 집 앞에 다다랐다. 아직까지 프로노스는 생각을 온전히 끝마치지 못하였으나 집까지 다다르면서까지의 생각을 에드윈과 공유하고 싶다는 생각이 들어 마침내 프로노스는 입을 열었다. "우리는 키도 동년배들보다 크고 힘도 강한 것 너도 알고 있지?"

에드윈이 답했다.
"알고 있지."

"나와 에드윈 너는 그렇기 때문에 남들보다 더 강한 힘을 가지고 있다고 생각했다. 그런데 방금 나는 내가 가지고 있는 힘을 처음 의심했다. '우리는 정말 힘을 가지고 있는 것일까?' 하는 그런 생각. 우리가 정말 힘이 있다면 이 힘은 방금처럼 힘이 없는 이들에게도 불을 붙여줄 수 있어야 하는 것일까?
아니, 우리는 힘을 가지고 있는 것이 맞을까?
방금 만난 저 사람은 우리와 말로서의 대화가 불가능하니 남들과의 소통을 위해 우리가 입으로 내뱉는 말을 공부하여도 우리와의 소통이 불가하지만, 우리가 그들의 언어를 배운다면, 소통이 가능하지 않겠어?

그래서 나는 지금까지의 나의 힘을 잘 못 생각한 것 같다. 그렇다면 힘은 무엇일까? 남들이 가지고 있지 않은 것을 우리가 가지고 있는 것일까, 예컨대 방금 만난 이와 우리의 배움의 한계가 다르듯이 말이야. "

에드윈은 쉽게 답변을 하지 못하였다. 프로노스 또한 자신에게 던진 질문들을 나열한 것뿐, 스스로에게 답변을 할 수 있었던 질문은 없었다. 에드윈 또한 살면서 처음 들어본 질문이자 처음 생각을 해보았던 주제였기 때문이다.

서로 오랫동안 대화를 나눴지만, 정답을 찾지 못하였다.

에드윈과는 이에 대한 질문은 오늘과 같은 시간과 장소에서 만나 다시 나누어 보기로 하였다.

그리고 이날의 대화, 스스로에게 던졌던 질문들.

나는 '힘이 있는가?'

'힘이란 무엇인가, 내가 정의해 본 적이 있던가?'

'나는 다른 이를 동정할 만한 자격이 있는가?'

'나는 그와 무엇이 크게 달라 지폐 한 장을 건네었는가?'

이처럼, 프로노스가 스스로에게 던진 수많은 질문들. 오늘 프로노스가 처음으로 자신에게 스스로 던진 질문들이었다.

훗날 이 질문은 프로노스를 아득히 먼 곳으로 도약하게 만든 주제가 되었다.

프로노스는 이날 잠을 잘 잘 수가 없었다. 수많은 생각들이 떠올라 서였을까, 머리가 깨질 듯이 아프고 잠이 오지 않았다. 프로노스는 문득 이런 생각들을 그냥 흘려보내기 아깝다는 생각이 들었다. 이 생각들은 무엇이었는지 오늘은 크게 고민이 되었지만, 하루, 또 하루가 지나면 잊을 수도 있다는 생각이 들었다. 그는 당장 일어나 자신의 집 지하창고로 달려가 가죽으로 만들어진 오래된 빈 노트 한 권을 가지고 그의 방으로 올라갔다. 그리고 집으로 달려가 자신의 생각들을 노트에 적기 시작했다. 하지만 또 막상 적으려니 어떤 말부터 적어야 할지 고민이 되기 시작했다. 생각나는 것들을 칸의 구분 없이 막 적기 시작한 지 2시간이 되었을 무렵에는 이미 프로노스의 평소 취침 시간을 오래 뛰어넘은 뒤였다. 뒤죽박죽인 글들에 다시 보았을 때 알아볼 수나 있을지 의문이 드는 글씨체들이었지만 프로노스는 처음 자신의 행동에 보람을 느꼈다. 그는 이제야 생각들이 조금 정리되는 듯하였다. 처음 쓰는 글이어서 그랬을까 그의 글씨는 아무것도 알아볼 수 없었지만, 확실하게 알아볼 수 있는 딱 한 문장에는 많은 동그라미 표시와 강조 표기가 되어있었다.

"나는 누구인가?"

그는 노트를 덮으며 표지에 제목을 적었다.

나를, 나의 기록들을 되돌아볼 수 있는 나의 거울, 그리고 이 노트를 쓰고 기록하며 훗날 이 노트 한 권이 불러올 나의 미래. 붉은색으로 빛나는 거울, 솟는 해를 비유적으로 이르는 단어를 딴 "홍경紅鏡"이라 칭했다.

프로노스는 이제야 잠에 들기 위해 눈을 감을 수 있었다. 프로노스는 지금까지 설레는 감정을 잘 못 알고 있었다는 생각이 들었다. 내일은 어떠한 생각을 하게 될지 나의 어떠한 역사가 기록될지에 대한 생각들이 떠오르니 가슴이 쿵쾅거리며 앞으로의 미래가 기대되고, 이것이 설레는 감정이라는 것을 떠올릴 수 있었다. 이 감정은 그에게 '쾌락이란 무엇일까?'라는 질문을 끝으로 길었던 프로노스의 하루는 막을 내렸다.

전날 평소보다 늦게 잠들었던 프로노스는 평소보다 일찍 눈이 떠졌다. 그래서, 평소보다 피곤한 아침을 맞이했냐고? 전혀 아니었다. 프로노스는 그 어떤 하루보다 상쾌한 아침을 맞이했다. 눈을 뜨자마자 설레었다. 오늘 그의 노트에는 어떠한 기록을 담을지, 어떤 감정과 생각들을 담을지. 그는 하루 만에 추구하는 삶의 가치가 달라진 듯하였다. 상쾌한 마음으로 부모님에게 인사를 하였다. 그의 가족들은 알 수 있었다. 프로노스가 평소보다 나서 너무 많이 흥얼거린 탓이었을까? 또 가족들은 어젯밤 늦은 시각 시끄럽게 무엇을 찾던 프로노스는 분명히 그에 따라서 늦게 잠에 들 수 있었을 텐데 일찍 일어난 것도 의문을 품었다. 소피는 평소와 다른 프로노스의 모습의 까닭이 궁금해졌지만, 워낙에 감정적인 사람이라 좋은 일이 있었나 보다 하고 넘어가기로 하였다. 또 저녁에 들어오면 피곤함에 찌든 모습으로 우리에게 툴툴거릴 것 같다는 생각도 들었다.

"다녀오겠습니다!"

프로노스는 신이 난 목소리로 집을 나섰다. 내딛는 한 발 한 발에는 새 신을 선물 받고 뛰어다니는 어린아이같이 설렘이 가득 묻어나왔다. 그렇게 에드윈을 만난 프로노스는 평소처럼 놀러 가는 것이 아닌 다른 곳을 가보기로 하였다. 오늘은 에드윈과 어제 일에 대한 이야기를 나누어야 하기 때문이었다. 그들은 집 근처 프로노스의 조부모님이 창고로 쓰는 곡식 저장고로 향하였다. 그곳에 있던 짐들을 프로노스의 차고로 옮기고 책상과 의자 그리고 큰 칠판을 구매하였다. 마침내 완성된 프로노스와 에드윈의 공간이 완성되었다. 앞으로 일어날 모든 일들은 이곳에서 처리하기로 하였다. 프로노스는 칠판에 큰 글씨로 어제 그의 노트에 적은 자신의 근본적인 질문을 적었다.

"나는 누구인가?"

에드윈과 프로노스는 누구도 쉽게 답할 수 없는 이 질문에 대하여 깊은 대화들을 나누었다. 어제의 경험을 기반으로. 그래도 일 평생 쾌락을 좇던 그들에게 그것이 쉬운 일이겠는가? 몇 시간이 지나고 머리를 쥐어짜 내어도 그들은 답을 적을 수는 없었다.

에드윈은 이렇게 오래 고민을 해도 쉽게 답을 할 수 없는 자신을 자책하며 말했다.

"프로노스, 우리는 왜 이 질문에 답을 할 수 없는 것일까? 우리는 지금까지 너무 '잘 못 살아온 것이 아닐까?'라는 생각이 든다…"

그 말을 듣고 잠시 생각에 빠진 프로노스는 명료한 답이 생각난 듯 웃으며 답변하였다.

"쉽게 나올 정답이었다면, 우리가 살아가는 사회에서 도래되는 큰 문제점들은 애초에 나오지 않은 문제들이 아니었을까 하는 생각이 든다. 지금 국가를 운영하는 사람들은 우리보다 압도적인 공부를 하고 연구를 했던 사람들일 텐데 말이야. 예컨대 쉽게 내가 누구인지 안다면, 인간의 진화도 발전도 더뎠을 것이다. 우리가 부족하기에 더욱 연구하고, 생각하고 떠올리는 과정에서 우리는 책상에 앉아 뇌를 쓰는 쪽으로 진화가 되지 않았을까 하는 생각이 든다. 그래서 나는 오히려 답변을 쉽사리 할 수 없는 것이, 지금의 우리에게 더 도움이 되는 내일의 포문을 여는 것이라고 생각한다. 그리고 우리가 지금 던진 질문은 우리를 더 먼 곳으로 보내지 않을까?"

에드윈은 굳이 답변하지 않았다. 와닿는 명료한 답변이었다.

"에드윈 우리는 앞으로 과거의 삶으로 돌아갈 수 없을 것 같다. 네가 나와 마찬가지로 오늘과 어제의 보람을 느꼈다면 말이야. 그리고 우리는 이 모임을 매일 갖자. 우리가 매일 만났듯 말이야. 그렇게 된 다면 우리는 둘보다 더 많은 생각을 공유할 수 있는 이들을 필요로 해. 그러니 우리는 그룹을 형성하고 이 모임에 이름을 짓고 우리와 같은 결의 사람들을 찾자. 많은 이들과 대화를 하며 스카웃 해보자. 몇 명이 좋으려나?"

"내 생각에는 너무 적으면 우리 틀 안에 갇히고 한정적인 질문들만을 던질 것 같고, 너무 많아도 의견 조율이 힘들 것 같다. 결이 같은 이들을 찾는 것 또한 쉬운 일이 아니니까. 나라를 운영할 때도 장관 여러 명이 각각 맞는 부서가 다르듯 우리도 하나의 역할을 정하여 그 부분을 총괄하는 임무를 부여해도 좋을 듯하고, 일단 이건 후에 더 이야기를 나누어 봐야 할 것 같네."

"일단 그게 최선인 듯하다. 그럼 집에 가기 전에 혹시 모르니 의자만 몇 개 구매하여 이곳에 가져다 두고 오늘은 마무리하는 것으로 하자.
그리고 아까 얘기하면서 생각난 것인데 이 모임의 이름은 우리가 만들 미래, 우리의 미래는 떠오르는 태양과 같은 것이라는 생각이 든다. 그래서 말인데 아침에 다가오는 새벽에 밝아오는 햇빛을 일컫는 말 '여명黎明'으로 하자."
"의미도 좋고 어감도 좋다. 그래 여명으로 이름을 짓고 우리의 빛을 내보자. 별이 생성되려면 처음 원시별이 될 때 강력한 중력을 필요로 한다. 우리가 오늘 계획한 것은 언젠가 필히 큰 파도를 일으킬 것이다. 그러니 우리에게는 원시별을 처음 만들 수 있을 만큼 강력한 중력이 필요하다."

에드윈의 말을 끝으로 프로노스와 에드윈은 큰 나무판자에 '여명'이라는 글씨는 남긴 뒤에 칠판 위에 붙이고 난 후에 다시 집에 들어갔다. 그들의 삶을 이제 시작이다. 그들의 뜻처럼 아침에 다가오는 희미한 빛이 될지, 떠오르지도 못하고 다시 예전의 삶으로 돌아갈지는 알 수 없었지만, 그들에게는 강력한 확신이 있었다.

그렇게 에드윈과 프로노스는 '여명'의 창립 멤버가 되었다.

02

중용 23장

제2장 중용 23장

...

'여명'을 만들고 일 년의 시간이 흘렀다. 프로노스와 에드윈이 그동안 서로 정말 많은 대화를 나누었다. 그리고 그만큼 둘의 삶의 방식 또한 많이 바뀌어 있었다. 학교에 가는 날, 가지 않는 날의 구분 없이 거리에 나가 오늘의 쾌락을 좇기 바빴던 그들의 주말에는 학교에 가는 날에 학교에서 어떻게 시간을 보내며 학교에서 어떠한 책을 읽고 이야기를 나눌지 책을 정하고 그에 따라 태어나 처음 자의에 의하여 시간표를 작성해 보았다. 평일에는 학교에서 책을 읽고 학교가 끝나면 모여 오늘의 느낀 점들을 공유하고, 매일 아침 집으로 배달되는 신문을 가지고 가서 같이 밑줄 그어가며 읽어보고 그것에 대한 생각 또한 나누었다. 주말에는 그 주에 하였던 자신들의 기록을 총정리하는 시간을 가졌다.

이번 주 책은 세계 1,2차전쟁에 관한 역사책이었다. 그 책에는 여느 역사책과 다름없이 전범국인 독일, 이탈리아, 일본 세 국가와 주변 국들의 전쟁 과정들이 담겨있었다. 반복되어서는 안될 역사 비극적인 참사의 연속이었다. '나쁜 사람들이었지. 아무리 원하는 것이 있다고 한들, 수많은 민간인들과 군인들이 희생시키며 진행되었던 나날이었을 텐데.' 책을 읽기 전 프로노스의 생각은 이와 같았지만 읽고 난 후 프로노스는 한 가지 의문점이 들었다. "과연 전범국인 일본, 이탈리아, 독일이 전쟁에서 승리하였어도 이 책에는 이 역사가 되풀이되면 안 된다는 내용이 이 책과 동일하게 적혔을까?

이건 연합국이 승리하였기에 잘못된 역사라고 말할 수 있는 것이 아닐까?

나치가 승리했다면 우리는 이 역사를 기리며 '승리했던 날들'이라고 기록할 수 있었을까?

객관적으로 봤을 때 히틀러는 엄청나게 큰 전쟁을 일으킨 주범이자 학살자다. 길가는 어떤 이에게 물어보아도 이를 부정하는 사람은 없을 것이다. 하지만 그때 나치가 승리하고 우리가 지금 나치의 연장선은 시대에 몸 담고 있다면 같은 질문을 던졌을 때 '위대했던 통치자'라는 말이 정말 나오지 않을까?

"객관적으로 판단하는 것은 무엇인가?"

우리는 나의 상황이나 내 외부의 상황도 객관적으로 판단할 수 있어야 한다고 생각했다. 하지만 객관적이라는 것이 결국 너무 주관적이지 아니한가? 어쩌면 이 말은 너무 큰 모순이 아닐까?"

에드윈의 의견도 크게 다르지 않았다. 지난 1년간 에드윈과 프로노스는 많은 생각을 공유했지만, 명료하게 정답을 말할 수 있던 명제는 많지 않았다. 그렇기에 명료한 답을 구하기 위해서 발전에 대한 더 큰 욕심을 가지고 내일을 더 열심히 준비하게 되었다. 놀랍지 않은가? 하나의 생각 공유가 1년간 두 사람의 삶을 송두리째 바꾸었다는 것이. 사실 프로노스와 에드윈은 자신들의 생각이 많이 깊어졌다는 것은 스스로가 느낄 수 있었지만, 자신들이 정말 많이 변화하였는지를 크게 인지하지는 못하였다. 오히려 주변 사람들인 친구들이 그들의 행보에 놀라움을 감추지 못하였다. 특히 같은 집에 사는 부모님은 매일이 놀라운 날이지 않을 수 없었다. 프로노스와 에드윈은 굳이 자신들이 공부를 하고 생각을 나누며 글을 쓴다고 입 밖으로 말하지 않았지만, 매일 놀러다니던 에드윈과 프로노스가 어느 순간부터 의자에 앉아 무엇을 쓰고 혼자 골똘히 생각하고 있는 모습을 보면 알 수 있었다. 어떠한 큰 변화점이 그들의 삶을 변화시켰다는 것을. 그리하여 둘의 부모님은 구태여 묻지 않았다. 왜 글을 쓰고 하지 않던 공부를 하는 것인지에 대한 것을.

이 놀라움은 프로노스의 동생은 소피도 마찬가지였다. 매일 사고만 치고 다니던 형제가 어느 순간 정말 놀라운 모습을 하고 있으니 이 시기부터 동생 소피는 프로노스를 동경하기 시작했다. 언젠가 형이 큰 뜻을 이룬다면 형이 했던 행보들은 어떠했는지 왜 변화하였는지 물어보기로 스스로 다짐한 채 머지 않은 프로노스의 대의를 기대하며 그를 속으로 응원했다.

일 년. 그들에게는 정말 탈도 많고, 배운 점도 많은 나날이었다. 큰 흠이라면 프로노스와 에드윈이 처음 '여명'을 설립할 당시만 하여도 자신들을 제외한 멤버 여러 명을 금방 모집할 수 있을 줄 알았으나 일 년의 시간 동안 한 명도 찾지 못했다는 것이 그들에게 앞으로 해결해야 할 큰 과제로 남았다.

여명에도 많은 변화가 생겼다. 늦은 시간까지 있던 때도 많았기에 침대도 준비하고 하수도 공사도 하여 물도 나왔다. 조명도 새로 달고 난로도 준비해 두었다. 이제는 따뜻한 차를 마시며 얘기를 할 수도 있었다. 다른 이들이 보기에는 작은 집 같았을 것이다. 그리고 처음 여명을 만들고 일 년이 조금은 넘은 어느 날. 이날은 크리스마스 이브날이었다. 이날 프로노스와 에드윈은 새해를 어떻게 맞이하고 올해 한 해는 어떤 날들을 보냈는지 돌아보며 정리하는 시간을 가지고 있었다. 새해를 맞이하는 것에 대한 기대감도 있었지만, 후회도 있던 나날들의 정리가 이제는 더 중요했다. 이야기와 오늘의 기록이 끝나고 정리를 하고 집에 들어갈 준비를 하던 밤 아무도 찾아오지 않아 먼지가 쌓인 문고리를 누군가 두들기는 소리가 들려왔다. 그 소리를 들은 두 사람은 누군가 문을 두들기는 소리라고는 상상치 못한 채 멍하니 있을 때, 다시 한번 소리가 들렸다.

"(똑,똑,똑) 아무도 안 계시나요?"
두 사람은 이제야 밖에서 누군가 우리를 찾아왔다는 것을 알게 되었다. 그리고 두 사람은 이런 경험이 처음이라 걱정이 되었다. 주거지 등록이 안 되어있어서 신고를 당한 것은 아닌지 경찰이 오면 정말 이곳에 다시는 못 오는 것은 아닌지….
고민을 하던 그들은, 결국 반쯤 포기한 채로 문을 열었다. 문을 열었을 때 눈앞에 보인 인물은 경찰보다 더 그들을 놀라게 만들었다. 바로 같은 학교의 학생인 프로메테이아였기 때문이었다. 별 접점도 없던 이가 왜 찾아온 것인지 너무도 궁금하였지만 일단 추운 날씨에 다시 보낼 수는 없었기에 그를 안으로 안내하였다. 책상에 마주 앉은 3명은 매우 어색하였다. 프로노스와 에드윈이 그에 대해 아는 것은 그의 이름과 얼굴, 해럴드라는 친구와 매일 붙어 다닌다는 것 그리고 그들의 과거처럼 쾌락을 좇기 바쁜 날들을 산다는 것? 하지만 이는 프로메테이아 또한 마찬가지였다. 그도 프로노스와 에드윈에 대하여 아는 것은 많이 없었다. 일단 프로노스는 차를 내려 그에게 준 뒤 먼저 말을 건넸다.

"어떤 일로 찾아온 거야? 그리고 우리가 여기에 있는 것은 어떻게 알고 있는 거야? 우리는 서로가 누구인지조차 잘 모르는데 말이야."

이어 프로메테이아가 답했다.
"이렇게 정적이 흐르는 곳에서 대화를 하는 것이 너무 오랜만이라 괜히 떨리네… 먼저 내 소개를 하자면, 난 프로메테이아야. 내가 여기에 온 이유는 다름이 아니라 너희가 궁금해서야. 내가 본 너희는 나처럼 하루를 온전히 놀기 위해 바쁜 날들을 보냈던 사람들이었어, 학교에 와서는 매일 자고는 끝나면 끝나기가 무섭게 달려나가고 항상 거리에 보면 너희가 있었지. 하지만 어느 날부터 너희가 거리에서 보이지 않더라. 나는 여전히 그곳에 머물러 있었는데, 그때까지만 해도 별생각이 없었는데 그 궁금증이 생기고 다음날 학교에 갔을 때 너희가 서로 책에 밑줄을 쳐가며 심각한 표정으로 대화를 나누고 있는 것을 보았어. 난 그 책도 최근에 나온 소설책이겠거니 싶었지만, 우연히 제목을 보고 그 책을 알아보니 아우렐리우스라는 사람에 관한 책이라는 것을 알게 되었어.
'왜 이들은 책을 읽으며 이야기를 나누고 있는 것이고 이들은 왜 하

루아침에 변화한 것일까?'

변화는 맞을까? 어떤 대화일까?

많이 궁금하고 묻고도 싶었지만 내 성격상 별로 친하지도 않은 너희에게 괜한 오지랖일까봐 계속 망설이기도 하고… 또 속으로는 잠깐의 흥미가 생겼나보다 또, '금방 다시 거리에서 볼 수 있지 않을까' 하는 생각을 했어. 학교가 끝나자마자 어딘가로 달려가는 것은 똑같았거든. 하지만 너희는 그 이후로 거리에서 볼 수 없더라. 이때는 '너희가 공부를 한다'는 생각은 해보았지만 받아들이지는 않았어. 옆 동네에 가서 놀고 있었거니 생각했거든. 근데 이 근처를 아무리 뒤져보아도 너희가 보이지를 않더라. 그래서 하루는 너희를 한 번 무작정 따라서 가보기로 했어. 학교가 끝나고 너희를 뒤따라 갔는데 과거에 곡식 저장고로 쓰던 곳으로 보이는 곳으로 들어가더라. 그리고 그곳이 지금 이곳이지. 희미한 창문 틈새로 보이는 너희는 칠판에 무엇을 쓰며 서로 이야기를 나누고 있더라. 그때 확실히 알 수 있었어. 너희가 과거의 삶을 청산하고 어떠한 꿈을 꾸고 있다는 것을 그 꿈이 무엇인지, 어떤 것일지는 알 수 없지만 궁금해졌다. 너희가 어떤 삶을 영위해 나가고 있는 것인지, 바뀐 계기는 무엇인지, 너는 누구인지. 처음에는 조금 질투를 했다. 나와 같아야 하는 인물들이 왜 공부를 하는 것인지. '잠깐의 취미생활은 아닐까?'하여 며칠을 너희를 따라다니며 관찰했다. 근데 1년 동안 같은 생활을 하는 듯한 너희를 보며 그때는 이런 생각이 들더라.

'나는 왜 아직도 이러한 삶을 사는 것인지.' 처음에는 질투 그 뒤에는 궁금증 그 뒤에는 동경이라는 감정들이 피어올랐다. 그래도 나와 너희의 괴리감이 느껴져서 다가가는 것이 쉽지는 않았지만 한 번 그들에게 묻고 뭐든 배워보고 싶다는 그런 생각이 들더라. 그래서 나는 너희에게 용기를 내어 묻기로 하였어. 너는 누구인지."

프로노스는 그 말을 들으며 심장이 터질 것 같았다. 누군가 우리를 드디어 알아주는구나 하는 인정 받은 기분을 느낀 것이 아니라 작은 일에도 최선을 다했던 것들이 정성스럽게 되어 겉에 배어 나와 그것이 겉으로 드러나 이내 밝아지고 남을 감동시켜 남을 변하게 만들고 이 과정들은 우리에게 이미 생육 되었다는 것을 느낄 수 있었다. 그리고 흥분한 마음을 가라앉히며 프로메테이아에게 말했다.

"우리도 처음에는 어려운 일이었고, 호기심이었지. 하지만 그 과정들이 생육되어서 우리의 삶이 된 것일 뿐. 네가 궁금한 나의 삶? 느꼈던 감정들? 모두 말해줄 수 있어! 하지만 네가 우리가 지금부터 하는 말을 다 듣고 하나 결정해주었으면 하는 것이 있어. 우리가 하는 말들이 네가 생각하는 결과 같다면 우리와 같이 생각들을 공유하자. 하지만 생각과 가치관이 일치하는 것이 어디 쉬운가? 우리도 우리 둘밖에 만나지 못했거든. 일치하지 않는다고 생각이 든다면 그 즉시 일어나서 이곳을 떠나도 좋아! 어때?"

이에 프로메테이아는 응하였고 그들은 신나게 그들의 이야기를 말했다. 춥고 긴 밤이었지만, 그들은 긴 시간 시간이 가는 줄도 모르게 이야기를 하며 어느덧 세 명이 크리스마스의 시작을 맞이할 때 자리에서 일어났다. 그리고 프로노스와 프로메테이아는 같이 여명의 문을 닫고 길을 나서며 떠오르는 태양을 보며 말했다.

"우리는 이제 동행同行이야! 내일부터는 이곳에서 만나자."
어떠한 말들이 오고 갔을까? 그래도 확실한 것은 모두가 '결이 같다.'라고 느껴졌기 때문에 함께 하기로 한 것이 아니었을까? 설령 잘못 판단하였다고 하여도 프로노스와 에드윈은 일단 한 번 믿어보기로 하였다. 그리고 이때부터 프로노스는 꿈의 끝을 떠올리기 시작했다. 여명의 사람들이 모두 모였을 때 할 수 있는 '대의' 그것의 프로노스의 꿈의 끝. 아직 어떤 것을 이룰지 정한 것은 없지만 무엇이든 할 수 있을 것만 같은 기분이 들었다. 프로노스 에드윈, 프로메테이아까지 세 명은 기분 좋게 발걸음을 집으로 향하였고, 그렇게 여명의 멤버는 3명이 되었다.

03

오만했던 나는,
내가 스스로 찾을 수 없다.

제3장
오만했던 나는, 내가 스스로 찾을 수 없다.
...

프로메테이아가 들어오고 어느덧 4개월이라는 시간이 흘렀다. 이 시기의 프로노스와 에드윈은 여명의 주거지 등록 또한 마쳤다. 프로메테이아도 프로노스와 에드윈의 삶에 녹아들었다. 그리고 이제는 프로메테이아 또한 그들의 삶이 익숙해졌다. 프로노스와 에드윈은 그와 나누는 대화가 늘어날수록 그와의 결이 그들과 같음을 느꼈지만, 프로노스에게는 약간 걸리는 부분이 있었다. 역사에 관한 이야기를 나누거나, 상식에 관한 이야기를 나눌 때 프로메테이아가 잘 이해하지 못하는 부분들이 많았다. 이야기를 나눌 때 그에게 모든 배경을 설명해야 하기 때문에 다음으로 넘어가는 시간이 오래 걸리게 되는 것이 조금의 흠이었다. 프로노스는 이런 일들이 처음에는 지식을 전달하는 즐거움이 있었기에 자신도 잘 설명을 해주었지만, 시간이 지날수록 불만이 쌓여갔다. '평소에 공부를 해오면 이런 일이 없었을 텐데' 하는 아쉬움이 많이 남았다. 에드윈 또한 이러한 점이 마음에 계속하여 걸렸다. 프로노스는 이를 '문제점'이라고 여겼지만, 에드윈과 프로노스는 처음 들어오기도 하였고 이 또한 자신들이 해야 하는 일이라고 여겼기 때문에 전보다는 천천히 공부를 이어나갔다. 이때쯤부터 프로메테이아는 모르는 것을 듣거나 했을 때 백과사전만큼 두꺼운 책에 기록했다. 그 책은 정말 성경만큼 두꺼운 책이었다.

여느 날과 다름없이 학교를 끝마치고 세 명이 앉아 그날의 이야기를 나누고 있을 때 문득 프로노스는 프로메테이아가 들고 다니는 책의 정체가 궁금해졌다.

"프로메테이아 네가 매일 들고 다니는 그 책에는 어떠한 내용이 적혀있는 거야? 우리에게 한 번도 보여준 적도, 언급도 한 적도 없지만, 우리와 이야기를 하거나 네가 깨달은 듯한 표정을 한 뒤에는 항상 그 책을 꺼내 들던데 말이야. 한 번 봐도 괜찮아?"

프로메테이아는 아무렇지 않다는 듯이 책을 펼쳐 안에 있던 내용을 보여주었다. 하나의 책으로 보였던 두꺼운 책은 여러 권의 노트와 찢은 노트들은 붙인 책들이었다. 그리고 프로노스 조차도 이해하기 힘든 내용의 연속이었다. 책을 보고 싶었던 이유는 단순한 호기심,

그뿐이었기에 구태여 프로메테이아에게 이 책에 쓰인 것들은 무엇인지 이어 붙어진 책들과 노트들은 무엇인지 묻지 않았다. 사실 이 시기의 프로노스는 정말 호기심이었다기보다는 오만한 자세를 가지고 있었다. 그가 느끼기에 프로메테이아는 자신보다 멍청하고 이해력도 낮았기에 그가 가지고 다니는 책에 자신이 이해할 수 없는 내용이 있더라도 이해하기 위해 묻지 않았던 것이었다. 하지만 에드윈의 태도는 프로노스와 반대였다. 책을 펼치자마자 흥미를 보인 에드윈은 이것은 어디서 처음 본 것인지 왜 이런 것들을 모아, 한 곳에 가지고 다니는 것인지 질문의 연속이었다. 프로노스는 이조차도 마음에 들지 않았다. 에드윈은 자신과 같다고 생각하였는데 자신들보다 낮은 존재라고 여겨지는 프로메테이아의 책을 보고 이것저것을 묻는다는 것이 불만이었다.

이때의 프로노스에게 질문을 할 수 있다면 묻고 싶다. 프로메테이아는 정말 프로노스와 에드윈보다 낮은 사람이었을까? 정말 그렇다면 프로노스와 에드윈의 차이는 낮은 사람에게도 배우려는 자세의 유무 차이일 것이고, 아니라면 에드윈과 프로노스도 모르는 프로메테이아가 노력하고 있는 점이 있는 것이 있지 않을까?
배우려는 자세는 항상 멋진 삶을 대하는 태도이다. 하지만 이때 조심해야 할 것이라면 자신보다 위에 사람에게만 배우려는 자세를 갖는 사람이 되지 않는 것. 나보다 위에, 또는 아래에 있는 사람을 구별한다는 것은 어쩌면 자신의 위치를 전보다는 또렷하게 알게 되었다는 것이겠지만, 이때부터 조심해야 할 것은 자신보다 윗사람에게만 배울 점이 있다고 여기는 태도라고 생각한다. 프로노스의 시작은 길에서 모르는 노숙자를 보고 떠오른 의문이었다.

동정일까? 동정에는 필요조건이 항상 있다.
'자신보다 아랫사람'이어야 한다는 것. 그렇게 느껴야 동정이라는 감정이 마음속에서 피어오른다.

프로노스가 프로메테이아를 바라볼 때 프로노스는 모든 것들을 적어 기억하고 적어야 하는 프로메테이아를 보며 동정을 느꼈다.
'어린 시절 상식이나 기본적인 것들을 게을리하지 않고 배웠더라면 이렇게까지 하지 않아도 될 텐데. 참 안쓰럽다.'
이런 동정이 오만으로 번졌기 때문이다. 프로메테이아와 프로노스 자신을 비교해 보았을 때 자신이 더 낫다고 생각이 들었기 때문이었다. 그렇기에 프로노스는 프로메테이아를 보며 동정을 느꼈고, 거기에 그치지 않고 배우려 하지 않는 오만한 자세로까지 이어졌다.

이것이 프로노스의 첫 번째 약점이다. '오만'

하지만 프로노스는 아직 알지 못한다. 오만이라는 약점도 그것이 무엇인지도 이로 인해 후에 닥쳐올 미래들도.

설강화가 져갈 무렵, 프로노스의 인내심은 한계에 다다랐다. 더 이상 프로메테이아에게 무엇을 설명하고 싶은 의욕도 없었고, 지체된다고 여겨지는 시간이 너무나도 아까울 따름이었다. 이날 프로노스와 에드윈은 프로메테이아보다 일찍이 여명에 도착하여 프로메테이아에 대한 이야기를 나누기로 하였기 때문이다. 프로노스가 먼저 운을 뗐다.

"에드윈, 나는 프로메테이아가 우리가 서로에게 전하는 말들을 온전히 이해하고 받아들이기 위해 항상 글을 적고 기록하는 프로메테이아의 태도는 정말 좋다고 여기지만, 그곳에 너무 많은 시간을 허비한다고 생각해. 네 생각은 어떤지 궁금해."

"나 또한 그렇게 생각하지만, 우리가 전달하는 자들이기 때문에 그것은 어쩔 수 없는 과정이라고 생각해. 그래도 가끔은 그게 과하고 답답할 때가 있기는 하지."

"내가 곰곰이 생각해보았는데 난 이 시간이 정말 아깝다고 생각이 든다. 한 명이 추가되어 우리 둘이 생각을 공유하는 것보다 머리가 하나 늘어 더 다양한 시야를 볼 수 있는 것 때문에 프로메테이아와의 동행을 선택한 것이기는 하지만, 사실 프로메테이아는 그렇지도 않다고 생각해. 프로메테이아는 그저 우리가 하는 이야기들을 듣고 받아적으며 의문점을 우리에게 던진다. 그 때문에 우리의 목적인 다양성의 증가로는 볼 수 없다고 생각한다. 그래서 나는 다시금 둘이서만 여명을 운영하는 것이 어떨까 싶어."

에드윈은 당황했지만 잠시 생각을 정리하고 말을 이어갔다.
"우리 둘이 이곳을 만들었다고 하지만, 실질적인 리더는 너라고 생각해. 네가 그렇게 느낀다면, 그렇게 하자. 오늘 프로메테이아가 오면 우리와의 동행은 여기까지였다고 전하자."

둘은 이 말을 끝으로 어떻게 프로메테이아에게 앞으로의 동행은 불가할 것이라고 말을 전할지 고민하였다. 곧이어 프로메테이아가 도착하였고, 프로노스는 그가 의자에 앉자마자 한 치의 고민도 없이 말을 이어갔다. 그는 프로메테이아에게 조금의 미안함도 느끼지 못할 정도로 오만했기에 거침없을 수 있었던 것이었다.

"프로메테이아 나는 말이야. 네가 글을 항상 받아 적고 모든 것을 배우려고 하는 자세는 정말 좋지만, 우리에게 그 모든 시간을 기다리게 하고 점점 다음으로 나아가는 것이 늦어진다는 것이 항상 마음에 걸렸다. 지금 너와 보낸 시간이 적지 않게 흘렀고 너를 관찰하고 지내며 느낀 것인데, 너는 앞으로도 이러한 문제가 계속하여 발생할 것 같다는 생각이 들어. 그리하여 우리는 너와의 동행을 여기에서 끝마치기로 했어. 지금까지의 정이 있지만. 우리의 대의를 위해서라면 이러한 결단력은 있어야 한다고 생각한다. 미안하다 프로메테이아. 이제 우리는 학교에서만 만나는 걸로 인연을 이어가도록 하자."

모든 말을 들은 프로메테이아는 긴 한숨을 내쉬며 자리에서 일어났다. 눈시울이 붉어지는 듯했지만, 프로노스는 개의치 않았다. 그렇게 프로메테이아는 여명을 떠났고. 여명에는 다시 둘만 남게 되었다.

여기서 프로노스가 한 말들을 되돌아보면.
정말 오만하지 않을 수 없다? 겨우 모임 하나 만들어 놓고서 자신이 무엇이라도 된 줄 알고 배울 점이 없다고 퇴출을 하니. 에드윈 사실 프로메테이아와의 대화가 즐겁고 그 속에서 볼 수 있었던 자신이 보지 못했던 것들이 있었지만, 프로노스의 눈치를 보며 차마 그런 말을 하지 못했다. 프로노스에게 오만이 없고 좀 더 깊은 곳을 볼 수 있는 시야가 있었다면, 에드윈에게 자신을 솔직하게 전할 소신이 있었다면 셋이서 지금까지 서로 의견을 공유했던 시간이 적어도 아깝다고 느끼지는 않았을까 하는 아쉬움이 남는다. 둘은 프로메테이아 없이도 여명을 잘 이어갈 수 있을까?

다시금 여명에는 프로노스와 에드윈 둘만 남게 되었고 3주 정도의 시간이 흐르게 되었다. 그들은 전과 같은 삶을 이어 가고 있었다. 오늘은 그들의 친구 팀페로라는 인물이 놀러 오기로 한 날이었다. 여명의 멤버로 들어오는 것은 아니고 매일 학교 끝나고 없어지는 둘의 행선지가 궁금했단다. 그래서 몇 번 별 의미 없이 데려온 적이 있었다. 항상 그냥 놀러 오는 것이라고 하니 프로노스와 에드윈 또한 별생각 없이 알겠다고 답변을 한 후에 템페로를 데려왔다.

입구까지는 과거에 쓰던 곡식 저장소인데 들어가니 여느 잘 꾸며진 집과 다름없는 장소에 팀페로는 놀람을 감출 수 없었다. 흥미를 느낀 팀페로는 이곳저곳을 열어보고 탐방하며 이것들은 어디서 쓰는 물건인지, 왜 여기에 있는 것인지, 칠판에 쓰인 글들은 무엇을 의미하는 것인지 묻기 바빴다. 한참을 두리번거리는 팀페로에 지친 프로노스와 에드윈은 팀페로에게 알아서 구경을 하라고 전하고 전날 읽은 신문기사에 대한 정리를 하기로 하였다. 한 시간쯤 말이 오고 갔을 때 프로노스는 한 가지 의문점이 들어 주변을 잠시 두리번거린 뒤에 에드윈에게 물었다.

"팀페로는 어디에 있지?"

이제야 프로노스와 에드윈은 어느 순간부터 템페로의 기척이 느껴지지 않았다는 것을 깨달았다. 그리하여 둘은 팀페로를 찾기 시작했고 멀지 않은 곳에서 그를 발견할 수 있었다.

그는 조용히 난로 앞에 앉아 여러 권의 노트를 번갈아가면서 읽고 있었다.

둘과 눈이 마주친 팀페로는 설레는 표정으로 그들에게 물었다.
"이 글 누가 쓴 거야? 난 살면서 이렇게 자세히 모든 것들이 상세히 적혀 있는 노트는 처음 본다. 이 글들 너희들이 쓴 거야? 난 너희들이 책을 읽는 것은 여러 번 보았지만 이런 글들을 다음에 다시금 보았을 때 사소한 하나까지 잊지 않으려 이런 식으로까지 기록하는 줄은 몰랐지. 이 글을 읽으며 너희가 새삼 대단하다는 생각이 든다. 너희에게 기존에는 없던 다른 종류의 흥미들이 솟구쳐. 나도 이곳에서 너희와 이야기를 나누고 싶다. 프로노스 이 글 네가 쓴 거야?"

프로노스는 팀페로에게 그가 읽던 노트를 전달받았다.
두껍지만 페이지마다 다른 노트의 크기. 프로노스보다 정리가 잘되어있는 글들. 뭐든 하나하나 부연 설명이 되어있는 노트. 그것은 프로메테이아의 노트였다. 그가 여명을 떠날 때 급해서였을까? 그가 기록했던 모든 노트와 책들을 놓고 갔다. 그 또한 프로노스는 처음 알게 된 사실이었다. 프로노스는 팀페로의 말을 듣고 처음으로 그의 노트를 자세히 살펴보았다. 프로노스가 집에 가서 매일 적는 노트, 홍경에도 이렇게까지 자세히 부연설명이 되어있지 않고 아직 정리하는 능력도 부족하여 다시금 보았을 때 앞뒤가 맞지 않는 구절들이 존재하였는데 이 노트는 정말 하나하나 모든 것들이 깔끔하게 정리가 되어있어서, 누가 보아도 어떤 날 어떠한 대화가 오고 갔으며 자신이 느낀 것은 무엇이었는지, 상대방이 느낀 것들은 나와 어떠한 차이가 있는지에 대한 것들이 자세히 적혀 있었다. 팀페로는 계속하여 이 노트의 주인은 누구인지 어떻게 이러한 질문들이 오고 갈 수 있었는지에 대한 질문을 계속하였지만 프로노스에게는 들리지 않았다.

한번도 자세히 보지 않았던 그의 노트 보려고 하지도 않았던 그의 책. 이제야 프로노스는 느꼈다. 자신이 배우려고 노력하지 않았던 수 놓은 시간을. 프로노스는 팀페로에게 천천히 하나하나 대답해 주겠다는 말을 한 뒤에 팀페로가 앉아있던 자리에 앉아 그의 기록들을 하나하나 천천히 읽어보기 시작하였다.

20xx. 12. 25

지금 나는 프로노스와 에드윈이라는 친구와의 동행을 약속하고 집에 왔다. 어떠한 날들이 기다리고 있을까?

그들이 말한 대의란 무엇일까?

그들이 내게 전해줄 것들에는 무엇이 있을까?

중용 23장. 내가 그들에게 느낀 것은, 그것이다.

그들은 그저 행할 뿐.

그것에 진심으로 임했을 뿐.

감동을 받고, 따르기로 한 것은 나.

난 내가 부족한 것을 인지하고 있다.

그렇기에 무엇 하나 놓치지 않고 이곳에 기록하겠다.

그렇지 않다면, 그것은 미래의 나를 갉아 먹을 오만의 지름길.

난 이들보다 느리니 이들보다 적어도 두 배는 열심히 살아야 한다고 생각한다. 그러니 게을리하지 말자.

떠오르는 태양, 여명을 위하여.

20xx. 01. 03

"행복과 쾌락"

최근 새해를 맞아 프로노스, 에드윈과 함께 지난 한 해를 돌아보고 그것에 대한 피드백, 미래에 대한 각오를 다졌다.

한 번도 해보지 않았던 경험이기에 내게는 너무 뜻깊은 활동이었다. 이곳에 온 것은 겨우 일주일 정도 되지 않았지만, 정말 많은 것들을 배운 것 같다는 생각이 든다. 머릿속이 채워지는 느낌 또한 그런 것들에서 비롯된 것들일 것이다.

오늘 우리가 이야기한 주제는 '행복'이었다.

나는 본래 행복이란 내가 삶을 영위하며 쫓아야 하는 꿈의 끝이라고 생각을 하고 살아왔다. 그래서 그들에게 전했다.

"내가 생각하는 행복이란 우리의 꿈의 끝이다. 우리가 살아가는 이유는 언젠가 행복한 날들을 보내기 위해서일 것이라는 생각이 든다.

모든 사람은 삶의 목적이 제각각이다. 하지만 그 끝에는 모든 보상이 각자가 추구하는 '행복한 삶'으로 이어진다고 생각한다. 시대에 따라, 상황에 따라 새롭게 정의될 수 있는 선과 악보다 '개개인이 추구하는 바가 더 확실하지 않을까?'하는 철학적 질문도 내게 던져본다. 또, 자신의 '행복한 삶'을 완벽히 이루기 위해서 현실이라는 곳보다 이상 속에서 자신의 목적을 이룬 사람들을 우리는 정신이상자. 즉 소위 미쳤다고 말한다. 하지만 우리가 정말 그들에게 미쳤다고 말할 수 있을까? 행복이 무엇인지 모르고 살아가다가 죽는 사람들도 정말 많다. 하지만 이들은(우리가 정신이상자들이라고 말하는 사람들) 그렇지 않은 우리보다 훨씬 '행복한 삶'을 더 잘 이해하고 있기에 이상 속에서 그것을 자유로이 펼칠 수 있는 것이 아닐까? 예컨대, 에드윈이 꿈속에서 자유로이 나는 꿈을 꾸었을 때를 잊지 못하고 그때 정말 좋았었다고 회상하는 것처럼 말이야. 조금 주제를 벗어나는 이야기이지만, 우리가 정신이상자들이라고 칭하는 이들을 치료한다는 명분으로, 현실로 다시 끌어들일 이유가 있을까? 라는 생각도 든다. 하지만 이 생각은 내가 정신과에 대한 지식이 없기에 드는 생각일 수도 있다는 생각이 든다."

이러한 나의 말에 프로노스는 이렇게 답하였다
"그들이 우리와 다르다고 결정짓는 요소는 '지금의 쾌락을 벗어나지 못하는가.'라고 생각한다. 현실이라는 험상궂은 바위에 부딪힌

배를 바다 중앙에서 다시 떠오르게 하는 것은 쉬운 일이 아니겠지. 하지만, 쾌락이라는 햇살과 현실이라는 바위는 모두가 사는 세상에 존재하고 있지. 우리에게도 쾌락이라는 햇살을 받아들일 무한한 기회와 현실이라는 바위에 부딪힐 것이라는 두려움이 항상 공존하고 있는 그런 세상 말이야. 그들과 우리는 같은 갈림길에서 다른 길을 택한 것뿐. 그뿐이겠지. 우리는 과거의 공부를 하지 않고 놀러 다녔던 우리를 보고 한심했다고 말 하곤 하지. 하지만 그 한심하다는 정의는 어디에서 어떻게 비롯되었는가? 그 이유는 지금 당장에 쾌락을 포기하지 않고 즐기기 때문이지. 그럼 우리는 왜 놀러 다녔던 우리의 과거를 보고 그런 생각들을 갖을 수 있는 것일까? 우리의 과거와 우리와 다른 이들은 지금의 쾌락을 즐긴다는 것이지. 현실이라는 바위에 부딪힐 이유 또한 없지.

그래도 나는 가끔은 그들이 부럽다. 그들은 정말 자신들이 무엇을 할 때 행복한지 알고 있는 것 같다. 그 행복이 비록 채워지지 않았더라도 말이야. 그런 이유 때문에, 그들을 정신이상자라고 칭하며 치료를 해야 할까 하는 의문도 든다."

"또 나는 에드윈과 이러한 이야기들을 나누며 행복이 무엇인지 정의해보려 노력했다. 우리의 목적 중 하나는 수많은 추상어를 우리끼리 나름의 정의를 내려 나는 이러한 추상어를 이런 식으로 정의한다. 라고 말하는 철학자들처럼. 그런데 나는 행복이라는 단어에서 이 질문의 끝을 찾지 못하겠더라.

어떤 것을 행하였을 때 '행복하다'라는 감정을 느낀다면, 그것은 행복한 것이겠지. 하지만 다음번에 같은 행동을 했을 때 같은 양의 행복을 느끼지 못했을 때는, 인지부조화가 오는 듯한 느낌을 받았다. '내게 행복이란 이것이 맞는 것일까?' 하는 생각도. 그래서 나만의 행복의 정의를 바꾸어 보았다. 그것들은 명사나 동사였지. 행동이라는 제약에 묶여 있었으니 말이야. 정의할 때마다 나 자신에게 다시 물어보아야 했지. 네가 말했듯 말이야. '그것이 너의 꿈의 끝이냐'라고. 나의 대답은 아니라는 것이었다. 그렇기에 나는 오랫동안 생각을 거듭한 뒤에야 결론을 내릴 수 있었다. 제약을 받지 않는 자유로운 상태에서의 행복. 그것이야말로 자유로운 상태라고 할 수 있겠지.

'행복은 정의하지 않을수록 자유롭다.'

'자유와 행복은 비례일까 반비례일까?'

이건 내가 네게 던지는 질문이다. 각자의 생각은 다르니."

오늘 우리의 대화는 이러하였다. 난 다시금 생각을 정리하는 이 노트를 적으며 프로노스와 생각의 결이 비슷함을 느낀다. 나 또한 삶에 이러한 점들을 적용해보고 나의 정의를 내려보고 다시 프로노스에게 말해야겠다는 생각이 든다.

아마 삶의 적용하고 나의 정의를 내리는 것까지는 오랜 시간이 걸리겠지만, 아깝지 않을 시간이라는 생각이 든다. 이 모든 대화를 하나 하나 담은 이 노트를 적듯이.

오늘의 기록은 여기까지. 프로노스와 에드윈에게 내가 행하며 느낀 점을 당당히 말할 수 있는 날을 기리며 더 열심히 행해야겠다.

뒤에는 그들이 나누었던 수많은 이야기가 하나도 빠짐없이 서술되어 있었으며 그것에 대한 자신이 했던 생각. 이를 앞으로의 삶에 어떻게 적용할 것인지에 대한 목표와 계획들이 적혀 있었다. 프로노스는 이 글들을 읽으며 깨달았다. 자신이 얼마나 오만하였는지, 배우려 하지 않았는지를. 그는 자기 자신에게 끓어오르는 화를 참으며 천천히 숨을 고르고 앞에 있던 에드윈과 템페로에게 말했다.

"주의에서 일어나는 일을 자기중심적으로 자신의 탓으로 돌리는 것은 좋지 않은 습관이라고 말하는 이들이 많다. 너희들 또한 그러한 말을 주변에서 들어본 적이 있겠지. 하지만 나는 이 글을 읽으며 그 생각은 잘못되었다는 생각이 든다. 템페로 너는 잘 모르겠지만, 우리는 이 글의 주인인 프로메테이아라는 친구와 많은 이야기를 나누었다. 그 이야기들을 나누며 너무 사소한 것까지 기록하려는 프로메테이아가 답답했고 이는 그가 우리와의 동행을 멈추는 결론까지 이르게 하였지. 가끔 프로메테이아가 이해 안 된다고, 다시 한번 말해 달라고 했을 때 이해하지 못하는 프로메테이아가 답답하다고 치부하는 것이 아니라 잘 설명하지 못한 내게 화살을 돌렸다면 이러한 결과까지 이르지 않았을 텐데 말이야. 같은 상황에 놓인 프로메테이아였다면, 이렇게 생각하지 않을까 싶어서.... 어떠한 문제와 마주했을 때 나의 잘못으로 몰아가게 된다면 그 늪에 빠질 수 있지만, '나의 잘못이다. 이것은 내가 꼭 고쳐야 하는 행동이고, 다음에는 이런 식으로 행동을 해보자.'라며 내게 피드백을 했다면, 이처럼 스스로를 타산지석 삼는 지혜가 있었더라면, 프로메테이아의 마음을 더 잘 이해할 수도. 나의 발전을 더욱 도모할 수 있었을지도 모르겠지. 내가 너무 오만하였다. 그래서 나보다 아래라고 판단되는 프로메테이아에게 배우려 하지 않았고, 그의 기록 또한 궁금하지 않았다. 프로메테이아는 여명을 떠나고 내게 이런 깨달음을 주는구나. 내가 빨리 깨달았다면 좋았을 텐데⋯."

프로노스는 이날 프로메테이아의 글을 보며 자신의 첫 번째 약점을 깨달았다. 에드윈과 이야기 후 이번에는 프로메테이아에게 여명에 올 것을 다시 부탁하는 것으로 이야기를 마쳤다. 팀페로는 글의 주인공인 프로메테이아가 다시 돌아오는 날이 있다면, 그날 그를 한 번 만나보기로 하고, 그들은 집으로 향하였다.

집으로 가는 길 프로노스는 평소와 같은 길을 걸어 집으로 향했지만 모든 것이 낯설게 느껴졌다. 그는 나지막하고 천천히 혼잣말을 하며 괜스레 눈앞에 있던 조약돌을 차며 천천히 길을 거닐었다.

"길에 피어있던 꽃의 아름다움도 보지 않으려 했었던 것 같고, 오늘 따라 빠르게 흘러가는 듯한 저 구름의 웅장함과 아름다움을 보며 아름답다라고 이야기조차 하지 못할만큼의 여유도 가지고 있지 않던 내가 무엇이 잘났다고 주변을 살피지 않았던 걸까?"

공자는 말했다.
"네 집 문 앞이 더러운데, 이웃의 지붕에 쌓인 눈에 대하여 불평하지 말라고." 프로노스는 자신의 집 문 앞도 보려 하지 않고 저 멀리 숲으로 가는 길목의 눈을 보며 빨리 치워야겠다는 생각을 한 것인 셈인 것이지.
하지만 이날 프로노스가 깨달은 것처럼 외부 말고 자신부터 돌아봐야 할 때가 존재하지 않을까?

어쩌면 삶은 그런 날들의 연속이지 않을까?

프로노스는 집 앞에 도착했지만 들어가야겠다는 생각이 들지는 않았다. 지금 들어간다면 지금 느끼는 감정들을 잊을 것 같다는 생각 때문이었다. 프로노스는 여러 가지 생각을 하며 자신이 앞으로 어떤 식으로 자신 주변의 상황을 받아들일지에 대한 생각과 프로메테이아에게 어떻게 마음을 전해야 진심으로 전해 질지를 고민하다가 아침 동이 트기 직전에서야 집에 들어갔다.

늦은 시각 들어간 프로노스는 피곤할 법도 했지만, 그날은 스쳐가는 생각들의 갈피를 좇느라 잠들지 못하고 뜬눈으로 밤을 지새웠다. 평소보다 일찍 씻고 아침 식사를 한 후에 그는 집을 나서 에드윈의 집으로 향했다. 에드윈과 프로노스는 학교에 가기 전 자신이 어제 정리한 생각들을 읊고 어떤 식으로 마음을 전할지에 대한 이야기를 나누었다. 잠시 이야기를 마친 후, 둘은 조금 일찍 학교로 향하였다.

학교에 도착했을 때 에드윈과 프로노스는 자신들보다 먼저 학교에 와 있는 프로메테이아를 보았다. 그리고 그는 마치 누군가를 기다리듯 문을 쳐다보고 있었고 우리가 문 앞에 도착하자 언제 문제가 있었냐는 듯 반갑게 손을 크게 흔들며 그들을 마주했다.

"프로노스, 에드윈 기다리고 있었어. 마침 오늘 너희들에게 하고 싶었던 말이 있었거든. 너희만 괜찮다면 잠깐 대화할 수 있을까?"

프로노스는, 프로메테이아의 아무렇지 않은 듯한 태도에 당황하면서도 마침 그들 또한 할 말이 태산이었기 때문에 거부할 이유가 없었지만 프로노스는 자신의 부끄러움과 창피함이 공존했기에 그의 눈을 똑바로 쳐다볼 수조차 없었다. 그리고 그는 어렵게 입을 열었다.

"너만 괜찮다면 학교가 끝난 뒤에 잠시 여명에 가자 그곳에 가서 이야기하자. 나 또한 네게 하고 싶은 말이 있으니 말이야. 너도 알잖아, 거기가 대화하기에는 안성맞춤인걸…! 먼저 말해주어 고맙다."
짧은 대화를 나눈 후 셋은 학교에서 각자 있는 위치는 달랐지만 잠시 뒤 나눌 이야기에 자신에 뜻을 정확히 밝히기 위해 어떻게 말을 할지 마지막으로 정리할 시간을 가진 후에 하나 둘 여명에 모였다.
데워진 주전자에서 따라지는 물이 향하는 세 개의 잔은 어쩌면 평소보다 더 그들의 긴장한 몸을 더 따뜻하게 녹였다. 이 자리를 먼저 제안한 프로메테이아가 먼저 이야기를 꺼냈다.

"프로노스, 에드윈 너희들에게는 많이 배울 수 있던 날이었다. 나는 알고 있어. 내가 너희들보다 부족하다는 점을. 그리고 그건 너희들 뿐만이 아니라는 사실도. 그래서 내가 여명에서 너희와의 대화를 이어가며 발전했던 난 너희에게 무한한 감사를 표하지 않을 수 없다. 나는 비록 지금 여명을 떠났지만, 그 후에 난 생각을 많이 정리해 보았다. 비록, 내가 이곳을 나올 때 나의 기록들을 두고 나왔지만, 그 기록을 구태여 보지 않아도 몸으로 느껴질 만큼 나는 내가 짧은 시간 동안 많은 거리를 도약했다는 사실을 알 수 있어.
짧은 인연, 지나가는 사람이라 치부할 수 있는 서로였지만, 난 그러고 싶지 않더라. 그래서 꼭 너희들에게 고맙다는 인사를 남기고 싶어서 너희와의 대화를 위해 이야기를 나누자고 한거야."

프로노스는 평소 사람의 눈을 쳐다보며 대화하는 습관이 있었다. 그는 그것이 상대를 온전히 이해하고 받아들일 수 있는 좋은 습관이라고 생각했기 때문이었다. 하지만 이날 프로노스는 프로메테이아의 눈을 똑바로 볼 수가 없었다. 그의 당당함에 자신이 작아지는 느낌을 받고, 이야기를 전하는 프로메테이아의 다져진 목소리와 톤. 그러한 이유 때문에 프로노스는 더욱 큰 미안함과 부끄러움이 몰려왔기 때문이었다.

분명 자신보다 작은 사람이라고 느꼈던 사람의 말 몇 마디에 상황이 역전된 프로노스는 부끄러움과 자신에 대한 화가 공존했다. 숨이 가빠온다는 느낌은 과거에 처음 홍경을 기록하며 느껴보았지만 이건 다른 느낌이었다. 그는 떨리는 손을 숨기려 두 손으로 잔을 잡고 차를 한 잔 마시며 숨을 들이쉬고 천천히 내쉬는 연습을 하기에 급급했다. 겨우 마음이 진정된 프로노스는 평소보다 훨씬 작은 목소리로 프로메테이아에게 말을 꺼냈다.

"프로메테이아, 네게 전하고 싶은 말들이 많아.
먼저 첫 번째로, 우리에게 먼저 고마움을 표시하기 위해 손을 뻗어준 것이 정말 고맙다. 함부로 보아 미안하지만, 우리가 네가 떠난 후에야 네 노트를 처음 보게 되었어. 그때 내가 느낀 것은, 나에 대한 반성, 너에 대한 존경심 끝에는 닮고 싶다는 감동이었다.
중용 23장. 네가 처음 우리에게 느낀 생각이라고 적혀 있었지. 하지만 방금 네가 하는 행동에 나는 반대의 역할을 내게 해준 사람이 너라는 것을 느낄 수 있었다. 그래서 나는 나의 약점을 알 수 있었어. 네게도 나의 홍경의 존재를 말한 적이 있었던 것으로 기억을 하는데 그곳에서는 나의 발전에 대한 기쁨과 보람에 차 점점 나르시스트가 되는 것 같다는 것을 비로소 네 노트와 내 것을 비교해 보았을 때 보이더라.

두 번째로는 네게 정식으로 사과하고 싶었다. 그 노트를 본 후로 나는 너에게 큰 미안함을 느꼈어. 먼저 다가갈 용기조차 없었던 내게 손을 뻗어준 너를 보며 정말 큰 사람이라는 생각이 든다.

염치없지만, 네게 부탁을 하나 하고 싶다.

넌 나를 되돌아보게 해준 사람이야. 난 그동안 나의 세상을 구축하고 그 세상을 만들 것이라는 포부가 있었는데 만들기도 전에 난 그곳에 매몰되어 허우적거리고 있었다는 것을 깨달을 수 있었다.

그래서 네가 이곳에서 앞으로도 우리와의 대화를 통하여 많은 것을 느낄 수 있고 발전을 위할 수 있다면 한 번 더 이곳에 들어올 것을 부탁하고 싶어.

하지만, 이런 나의 과거에 환멸감을 느껴 우리와의 연을 잊지 않는다는 선택을 하는 것 또한 너의 선택지 중 하나지. 이번에는 권유가 아닌 네게 부탁을 하고 싶다.

여명으로 들어와."

프로메테이아는 잠깐의 머뭇거림도 없이 답을 이어갔다.

"내가 이곳에 없는 동안, 내가 어떤 곳에서 무엇을 하였는지는 우리가 그동안 대화를 일절 하지 않았으니, 너희 둘은 모르겠지. 난 그 시간 동안 학교 사모임에 가입해 보았다. 책을 읽고 그것에 대한 느낀 점을 공유하는 모임이었지. 난 너희와 같이 읽었던 《데일카네기의 인간관계론》이라는 책을 다시금 읽어보고 모임에 나갔다. 근데 그 사람들의 깊이는 생각보다 깊지 않더라. 난 우리가 매일 하듯 느낀 점을 적고 그것을 삶에 적용해 보고 또 그 과정 속에서 힘든 점은 무엇이 있었는지를 준비해 갔는데, 그들은 무엇이 좋았다, 감명 깊었다, 이래서 이러하였다, 동문서답의 연속이더라. '왜'라는 질문을 던지면 그제야 이유를 생각해보기 바빴던 그들이었다. 그래서 나는 그곳에 3일 나가고 그만두었다. 그만두고 나서 집에 돌아오는 길에 생각을 해보았다.

'내가 있을 곳은 어디인지….'

답은 이미 정해져 있더라, 여기로.

항상 왜라는 질문을 던지는 너희는 무엇에 집중하는 그들과는 다름이 느껴졌거든.

근데 또 생각을 해보니 누군가 내게 '왜'라는 질문을 했던 인물들을 떠올려 보면 그들 안에 존재하는 '나'라는 주체는 그 객체 속에 소중히 녹아들어가 있는 사람들뿐이더라.

그래서 난 이 모임의 소중함을 다시금 깨달았다. 그래서 자존심을 굽히더라도 오늘 너희에게, 동행을 하고 싶다고 이야기하고 싶었다.

먼저 내게 제안을 해주다니 큰 영광이야.

너의 제안에 대한 답은 여기까지면 충분하다고 생각이 들어."

이후 프로노스는 큰 감사함에 그의 손을 잡고 연신 고맙다는 말을 하기 바빴다. 옆에서 둘의 이야기를 듣던 에드윈은 조용히 말을 꺼냈다.

"나도 프로노스처럼 너에 대한 후회가 막심하여, 어디서부터 어떻게 말을 꺼내야 할지 크게 고민을 하였는데 이제 그런 고민을 할 필요가 없겠다.

하지만 내가 한 가지 더 후회하는 것은 내가 프로노스를 설득하지 못했다는 점에 있지. 내가 너에 대한 확신이 조금 더 컸었더라면, 그리고 프로노스에게 말을 전할 용기가 조금 더 컸었더라면, 이런 일은 없었을 텐데 하는 그런 후회가 남아.

내가 느낀 건, 나에 대한 확신이야. 그리하여 나 또한 너를 통해, 이번 일을 통하여 나를 돌아볼 수 있었다. 다시 돌아와 정말 기쁘다. 그리고 정말 고마워."

프로메테이아는 에드윈과 프로노스보다 키가 왜소하였다.

하지만 아무렇지 않다는 듯 웃으며 내일 보자는 말을 남기고 막힘이 없을 것만 같은 당당한 발걸음으로 나가는 프로메테이아를 보았을 때부터는 그가 작다는 생각은 그 이후에 영원히 들지 않았다. 아니, 들 수 없었다.

04

"기죄종"

제4장 "7죄종"

...

여명의 멤버는 다시 세 명이 되었다. 그것도 아주 강한 의미를 가진 사람들이 되었다. 이제 이 세 명은 자신들이 느낀 점을 통하여 여명의 불을 밝히기 시작할 것이다.

이 시기의 세 명은 성경을 공부하였다.

프로노스는 자신을 돌아볼 때 자신의 감정을 분류하여 기록하고 남겼는데, 이러한 방식이 너무 추상적으로 자신을 되돌아본다는 생각이 들었다. 그래서 프로노스는 자신을 나누어서 살필 수 있는 기준이 필요했는데, 이를 성경의 7죄종에서 따오기로 하였기 때문이었다.

나태, 탐욕, 질투, 분노, 색욕, 식탐, 그리고 오만

프로노스는 앞으로 자신의 행동들을 이 7가지의 죄들과 비교해가며

발전을 이룩하기로 하였고, 에드윈과 프로메테이아 또한 같은 의견이었다.

프로노스는 이러한 죄들이 7개로 구분되고 이에 대한 필요성을 느꼈다. 같은 그룹 내에서도 이러한 약점을 최소한 하나씩 가지고 있다면 서로는 서로를 볼 수 있고, 존재한다면 그를 통해 대처법을, 아니라면 파훼법을 배우기로 하였다. 프로노스는 오만해 보았기에 그 감정이 어떤 것인지, 어떻게 표출이 될 수 있는지를 전보다는 잘 알 수 있었기 때문이다.
이 의견은 에드윈과 프로메테이아의 적극적 동의가 있었기에 빠르게 흘러갈 수 있던 사안이었다.

에드윈은 '색욕'에서 벗어나고, 쾌락을 좇지 않는 삶
'짐승같이 본능적인 쾌락을 추구하며 지나치게 성을 탐닉하는 행동을 가르킨다. 유다서 1장 4절"
에드윈은 과거 자신이 오랜 시간 쾌락을 좇았던 수많은 시간에 자신이 다른 것을 하였다면 더 많은 시야를 가지고 살 수 있을 과거에 후회를 했다. 그리하여 에드윈은 추후 자신의 삶에서 쾌락은 존재하되, 좇는 삶이 되지는 말자고 다짐했다.
많이 후회하고 그것에 대하여 많이 생각해보았기에 그는 어떤 것이 자신을 갉아먹는 쾌락인지 아닌지에 대한 자신만이 구분이 확실했다.

프로메테이아는 '질투'

시기를 증오하는 마음. 그는 자신이 부족함을 인정하고 그 인정을 통해서 더 빠르게 성장할 수 있다고 생각했다.

그렇기에 프로메테이아에게 '질투'란 가치 없는 자존심에 일부라고 치부되었다.

'또 시기는 뼈를 썩게 하며잠언 14장 30절, 분쟁을 일으키고고린도전서 3장 4절'

프로메테이아는 자신만 참으면 굳이 일어나지 않을 일에 대해서 그 순간 자신의 질투 섞인 마음으로 인하여 어떠한 일이 발생하는 것이 가치 없는 순간의 행동이라고 여겼다.

이렇듯 세 명은 자신의 죄들을 7죄종에 비추어 바라보았기에, 무교이고, 종교에는 관심도 없는 이들이지만 오랜 시간 성경을 공부하였다.

7죄종.

그들이 오만, 색욕, 질투 이 세 가지를 겪어 보거나 자신의 행동에 제약을 거는 가장 큰 요인으로 여겼기 때문에, 그들은 이 3가지의 감정에 대해 다른 추상적인 단어들보다 깊이 탐구할 수 있었다. 프로노스는 생각하였다.

이렇듯 이들은 이러한 감정에 대하여 잘 알 수 있게 되었기에 나머지 죄들을 관장하는 이들이 필요할 것이라고.

그리하여 프로노스와 에드윈 그리고 프로메테이아는 성경 공부가 끝나고 회의 끝에 '여명'의 인원을 7명으로 정하였다.

그리고 나머지 죄들 나태, 분노, 탐욕, 식탐을 잘 알고 서로가 서로를 볼 수 있는 사람을 찾기로 하였다.

성경 공부가 끝나고, 다시 2개월의 시간이 지났을 무렵 이제는 제법 여름밤 냄새가 나는 듯했다.

조금씩 그들의 학교 친구들 사이에서 그들의 이야기가 돌기 시작했다. 공부도 일절 손대지 않던 세 명이 모여 매일 책을 읽고 이야기를 나누고 거리에도 보이지 않고 심지어는 모여서 공부를 한다는 소문까지. 사실이었지만 그들을 제외한 이들을 믿을 수 없는 소문에 불과했다. 그들의 과거에 입각하여 본다면 어쩌면 당연한 시선일지도 몰랐다.

그럼에도 불구하고, 이 시기에 여명에 관심을 보인 인물은 크게 4명이 있다.

먼저 첫 번째는 프로메테이아의 기록을 읽어본 팀페로. 팀페로는 기록을 읽은 후 프로노스에게 매일 달려와 오늘의 성과를 묻고는 하였다. 프로메테이아가 다시 돌아왔다는 소식을 들었을 때는, 자신의 일처럼 기뻐하며 자신도 여명에 들어가고 싶다는 것을 그들에게 표명하였다.

두 번째는 해럴드. 프로메테이아와 오랜 친구이다. 프로노스와는 프로노스가 거리에서 한창 놀러 다니던 시절, 같이 쾌락을 좇던 인물 중 한 명이었다. 프로메테이아는 여명에 들어간 후에도 그와 만남을 계속하였다. 해럴드는 전보다 훨씬 무게가 생긴 자신의 친구를 보며 그가 무엇을 하는지에 대한 궁금증이 생겼고 그것은, 여명에 대한 관심으로 이어졌다. 그리하여 프로메테이아와 만나면 여명에 대한 질문을 하고는 하였는데, 해럴드는 모두를 위해 하나의 행동을 하는 것보다는 자신을 먼저 생각하는 경향이 컸다. 아무도 모르는 이들과 어떠한 하나의 목표를 가지고 나아가는 것은 좋지만, 얼굴도 모르는 이들과 진심을 나눈다는 것이 그의 마음에 걸려서 들어가고 싶다는 말은 꺼내지 않고 있었다. 또, 프로노스와 각별한 사이도 아니었고, 그와 최근 대화를 해본 적이 없어서인지 아직 그에게 프로노스는 많이 놀았던, 지금 또한 크게 다르지 않을 것이라는 생각이 있는 인물이었기에 더욱 여명의 입장을 꺼려했다.

세 번째는 프로노스의 오랜 친구이자 그가 괜찮은 인물이라고 여겨 훗날 데리고 오려는 계획을 가지고 있는 백톰. 프로노스는 백톰을 평가하기에, 생각이 깊고 자신과 깊은 대화를 통하여 자신의 심연과 마주치는 능력이 있는 사람이라고 평가하였다. 하지만 프로노스는 그의 입장을 고려하였는데, 아직 여명이 정말 단단하지 않다는 것. 정확히는 자신의 능력이 부족하다고 평가했기 때문이다. 누군가에게 함께하자는 것은 신중해야 하고, 섣불리 판단하고 그와 함께하다가 자신의 실수로 인하여 그와의 사이가 틀어진다면, 다시 돌아갈 수 없다고 여겼기 때문이었다.

마지막 네 번째는 모종의 이유로 복학을 선택한 에드윈의 친구 사이먼이 있었다.

사이먼, 해럴드, 백톰은 각각 에드윈, 프로메테이아, 프로노스의 오랜 친구였기에, 만나면 자주 여명의 이야기를 들을 수 있었기에 관심을 가지고 이 세 명 또한 그들을 응원했다.
팀페로를 포함한 총 네 명은 여명에 있는 그들을 '몽상가'라 칭했지만, 여명을 그저 소문으로만 여기는 사람들은 그들을 '이상주의자'라고 말하였다.

이러한 주변의 소문은, 방금 소개한 네 명이 여명에 더욱 큰 관심을 가지고 들여다보게 되는 계기가 되었다.

눈치챘을지도 모르겠지만, 이 네 명은 머지않아 여명의 멤버가 된다. 그들은 여명의 어떠한 모습에 관심을 가지고, 왜 들어가야겠다는 생각을 한 것이며, 프로노스, 에드윈, 프로메테이아는 그들의 어떤 모습에 반한 것일까?

05

"너의 반복되는 삶 속에서"

제5장 "너의 반복되는 삶 속에서"

...

오늘은 팀페로가 여명에 다시금 찾아오는 날이었다. 하교 후에 프로노스, 에드윈, 프로메테이아 네 명은 여명으로 함께 향하였다. 본래 여명의 멤버였던 세 명의 목적은 오늘 팀페로가 추구하는 삶이 무엇인지, 그가 여명에 들어온다면 긍정적인 방향으로 향할 수 있는지를 살피기 위해 그를 알아보기로 하였다.

책상 위 놓인 네 개의 잔. 프로노스가 팀페로에게 물었다.

"네가 어떤 꿈을 이루기 위해서는 같은 일을 오랜 시간 반복하고 다지는 시간이 필요하겠지. 만약, 오늘 네가 정말 힘들게 오늘의 일과를 끝나고 침대에 누워도 내일 똑같은 일을, 똑같은 일과를 반복해야 하는데, 너는 그것에 대해서 어떻게 생각해?"

팀페로는 큰 고민 없이 대답을 했다.

"내가 추구하는 삶은 오른손이 부러지면, 왼손으로 하던 일을 지속할 수 있는 지속성이다. 매일 조금씩 꾸준히 나아가는 삶이 가장 잠재력이 큰 삶이라고 생각해. 그리고 이때 가장 경계하는 것은 지나친 욕심과 합리화라고 생각한다. 많은 욕심을 가지고 많은 행동을 시작한다면, 모두를 잃을 수 있다고 생각한다. 그러니 나를 인정하고 받아들이며 그날의 계획을 세우고 행하는 것, 부당하게 탐하는 욕망은 내가 꿈꾸는 삶에 감속재라는 생각을 하기도 하지. 또 말을 시작한 김에 말을 이어나가자면, 난 지난날 너희처럼 놀기만 했던 삶을 살지는 않았지만, 굉장히 나태한 삶을 살았다고 생각한다. 그리고 어떤 것을 해야겠다는 다짐을 해도 3일이면 잊어버리지. 처음 프로메테이아의 기록을 보았을 때 나도 이처럼 변화하고 싶다는 생각을 하였다. 처음 그러한 생각이 들었을 때는 당장 무엇이든 하고 싶었지만, 마음이 들뜬 상태에서 너무 감정적인 선택을 하는 것은 아닌지 하는 걱정이 들더라. 그래서 일단 내 삶을 처음부터 변화시키고 나부터 변하기 위해서 가장 기본적인 행동부터 하기로 하였다. 그래서 프로메테이아의 기록을 보고 집에 갔던 다음날부터 처음으로 일어나자마자 자고 난 이부자리를 정리하기 시작하였다. 이런 식으로 조금씩 변화시키기로 했지. 그리고 이러한 행동이 내게 생육되었을 때 다음 행동으로 넘어가려고 생각해. 그것이 매일 조금씩 꾸준히 이어가는 지속성의 시작이라고 생각했기에.

프로노스, 네 질문을 나는 '매일 반복되는 삶을 자신이 어떻게 받아들이고 판단할 것인지'라고 해석하였다. 그것에 대한 나의 답은 내 삶을 바꾸고 언젠가 본인이 설정한 꿈인 대의를 위해 나아가는 삶인데, 매일 설레며 잠들고 나의 미래를 떠올려 보았을 때 설레는 날들이 그려지는 삶. 그것이 너의 질문에 대한 답이다.

그리고 너희의 삶을 보니 이미 그러한 삶을 살고 있는 것 같더라. 그래서 난 여명에 들어오고 싶다."

프로노스가 던진 이 질문은 그가 처음 만난 이가 어떤 삶을 사는지 알기 위해서 던질 때 하는 질문 중 하나이다. 방금 프로노스가 팀페로에게 던지고 받은 답변은 그가 여기는 그의 삶에 부합하는 최고의 답변이었다.

"팀페로, 난 방금 네 답을 듣고 확신할 수 있을 것 같다. 네가 여명에 들어오면 더 밝아져 떠오를 태양의 모습을.

그리고 우리는 우리의 약점을 성경의 7죄종에서 따와서 그것들을 경계하는 삶을 살고 있다. 각자 거울이 되어주어 하나씩 역할을 맡아서, 그 죄를 관장하는 것이지. 네가 가장 경계하는 것은 합리화와 부당하게 탐하는 욕망.

매일 조금씩 꾸준히 자신이 설정한 삶을 살면서 말이지.

나는 오만, 프로메테이아는 질투, 에드윈은 색욕에 대한 역할을 하고 있다. 넌 욕망에 대한 역할을 관장해 주었으면 한다. 네가 가장 경계하는 삶이기에 그것에 대한 경험도 있을 것이니 우리보다 더 잘 알 것이라는 생각이 들어.

에드윈과 프로메테이아도 찬성한다면, 내일부터 같이 생각을 나누고 싶다."

에드윈과 프로메테이아는 반대의견 하나 없이 그의 입장을 환영하였다.

"팀페로, 내 노트를 보고 네가 처음 했던 생각도 궁금하지만, 지금 가장 궁금한 것은 네가 이곳에 들어와서 처음 무엇을 하고 싶은지 묻고 싶은데, 넌 무엇을 하고 싶어?"

에드윈의 질문에 팀페로는 호탕하게 웃으며 말했다.

"난 처음 프로메테이아의 노트를 보며 그가 대단하다는 생각을 했어. 내가 알던 그가 아닌 듯하였으니까. 그래서 솔직히 그를 이기고 싶다는 생각을 했다. 종목에 얽매이지 않고, 모든 방면에서 그보다 뛰어나고 싶어. 그래서 너희가 열심히 하는 모습을 보면 나 또한 끓어올라서 더욱 많은 것을 하고 싶다는 생각이 든다.

언젠가는 너희 모두를 뛰어넘고 싶다. 이제 나는 여기에 처음 들어오는 입장이니 많이 배워야 하겠지. 학생의 입장에서. 너희가 선생의 입장이라면, 나는 청출어람 하겠다.

그리고 마지막으로는 부탁하고 싶은 것이 있어,

너희 그룹의 이름이 여명 언젠가 너희로 인해 떠오를 태양을 너희는 기다리고 있지, 우리는 머지 않은 날 우리가 모두 하나의 대의를 위해 무언가를 시작하는 날 우리는 불부터 붙여야 할거야. 끌어당기는 힘은 그때 쯤이면 만들어져 있지 않을까 싶어서. 그때가 됐을 때, 또는 지금 불을 붙이기 전, 불을 붙일 촛불 위에 바람이 두렵다면 미리 말해줘. 그렇다면 난 시작도 하기 싫거든. 촛불 위에 바람이 두렵지 않도록. 그 바람으로 인해 불씨가 더 커질 수 있도록 노력하거나, 촛불 위 불씨가 꺼지는 것에 대한 두려움이 없어야 한다고 생각한다. 적어도 그 정도 확신은 가지고 시작하자. 그러니 우리 신중하게 생각하고 시작하자고 말하고 싶다.”

프로메테이아는 당황하였지만, 이내 이것은 자신이 더 열심히 해야할 이유라고 여기고, 그에게 따라잡히지 않기 위해 전보다 더 열심히 노력해야겠다는 생각을 하였다.

팀페로와의 여명의 시작은 이렇게 시작되었다.

이제 세 명이 이야기를 나눌 때보다 훨씬 더 많은 이야기가 나올 것이며, 또 더 많은 성장을 이룰 수 있겠지. 이 네 명은 팀페로가 들어온 날 저녁 식사를 함께하며 충분히 즐기고 즐거운 발걸음으로 집으로 향하였다.

06

"어른이란 무엇인가"

제6장 "어른이란 무엇인가"

...

집에 도착한 프로노스는 내일은 4명의 멤버들이 하나의 이야기를 가지고 하나씩만 말하여도 평소보다 더 다양한 의견을 들을 수 있음에 설레며 잠들었다. 얼마나 지났을까? 누군가 잠들어 있던 프로노스의 어깨를 툭툭치며 그를 깨웠다. 프로노스를 깨운 이는 그의 동생 소피였다.

"너는 왜 허구한 날 잠자고 있을 때만 깨워서 말을 거는 거야. 오늘은 또 무슨 일인데?"

소피는 프로노스가 자고 있을 때 와서 깨운 후 자신이 하고 싶은 이야기나 듣고 싶은 이야기를 묻는 이상한 취미가 있었다. 프로노스는 이에 대해 여러 번 경고를 하고 이유를 물었지만 돌아오는 대답은 침묵뿐이었기에 어느 순간부터 프로노스는 포기하기로 하고, 이야기를 빠르게 끝내는 것을 목표로 하였다. 이날도 마찬가지였다. 눈을 비비며 침대에 걸터앉은 프로노스의 눈에는 또 무언가 궁금하다는 듯한 소피의 눈망울이 보였다.

"빠르게 얘기하자. 오늘은 뭐가 문젠데?"

"묻고 싶은 것이 있어서."

근 1년간 프로노스 널 보며 많이 바뀌었다는 생각을 했어. 근데 난 그게 한 3일 하다 그만할 줄 알았더니, 이젠 그런 식으로 사는 것이, 너의 삶이 되어 버린 듯해서 이유가 궁금해. 그래서 내 질문은 넌 꿈이 뭐야? 그리고 그 꿈이 뭔지는 몰라도 네가 지금 참 열심히 사는 것을 보면 이루는데 힘들지 않겠어? 난 어떤 것을 해도 자꾸 안되는 것들이 많으니 포기하는 것들이 많아지더라. 그리고 우리는 늦둥이고 부모님 나이가 점점 들어감에 따라서 건강문제도 나타나기 시작하는데, 네가 준비하는 것을 슬쩍 보았을 때는, 어떤 시험공부를 하는 것 같지도 않고, 명확히 '무엇이 되려고 어떤 것을 공부하는구나'가 보이질 않아서 말이야. 그래서 궁금한 것은 네 꿈이야. 너는 무엇을 위해 그렇게 열심히 어딘가로 달려가고 있는 거야?"

매일 실없는 얘기와 질문, 힘 빠지는 이야기만 하던 소피가 오랜만에 프로노스의 예상보다 재밌는 질문을 하여 프로노소는 괜스레 가슴이 두근거림을 느꼈다. 프로노스는 질문을 들은 직후 잠도 다 깨고 진심으로 가의 뜻을 전해야겠다는 생각이 들어 자신의 손으로 자신의 뺨을 약하게 친 후 잠을 깨고 생각을 정리하기 시작했다. 어떤 말부터 꺼내야 할까 고민하던 프로노스는 조용히 가방에서 큰 종이 한 장을 꺼내어 소피에게 보여주었다. 그 종이에는 큰 글씨로 이렇게 적혀 있었다.

'나는 어떤 사람이 되고 싶은가?, 어떤 사람이 될 것인가?'
"나는 1년 전쯤 친구들과 이야기를 나누고 생각을 공유하는 장을 만들었다. 그리고 그곳에서 친구들과 많은 이야기를 나누고 있지. 우리는 하나의 주제를 가지고 그 안건에 대하여 토론을 하거나 책을 읽고 자신의 느낀 점을 말하고, 목표를 정하여 실행하며 그 과정 속 자신의 느낀 감정들, 그리고 자신의 세상을 보여준다. 우리는 그러한 활동을 하였다. 그리고 내가 보여준 이 종이. 이건 우리가 주제를 정하고 그것에 대하여 생각을 정리한 것이다.
주제는 '나는 누가 되고 싶은가?'였다.

그리고 이건 질문에 대한 나의 답변이지.
내가 몸담고 있는 그룹에는 나 외에 3명이 더 있다. 그리고 그들이 되고 싶은 존재는 어떤 사람이나 사물, 동물들을 보고 모티브를 따와서 자신이 되고 싶은 존재에 대하여 설명했다. 사실 목적도 그것이었지. 모범을 배우고 지킨 다음 그러한 가르침과 이론을 깨거나 새로운 응용을 해보고 자신만의 방법을 만들려는 그러한 활동이 목적이었으니 말이야. 그래서 이를테면 '나는 아버지가 좋아. 힘든 일을 하고 늦은 시간 집에 돌아오시는데도 우리에게 힘든 티도 내지 않고, 주말이면 우리와 어떻게 놀아주실지 고민하시고 행동을 하시잖아. 그래서 나는 내가 사랑하는 사람에게 내 상황에 제약을 받지 않는, 받더라도 그것이 밖으로 표출되어 자신이 사랑하는 사람에게 보여지지 않은 단단함. 그런 사람이 되고 싶어.'

이런 식으로 말이야. 그래서 나 외에 3명은 인물들을 가지고 자신이 되고 싶은 이를 정하였다. 하지만 난 내가 누군가가 되어야겠다고 아무리 생각을 해보아도 떠오르지 않더라, 또 생각해보면 난 누군가가 되고 싶은 욕망이 없는 것 같다. 제2의 누가 된다는 것은 항상 되고 싶은 이의 모든 것을 반영하더라. 나는 그에게 닮고 싶은 점만 닮고, 가져오고 싶은데 말이야. 난 내가 되고 싶은 사람은 없다고 결론지었다. 그래서 학교에서 자신의 롤모델을 조사해오라는 과제가 부여 되었을때, 난 과거의 영웅들 6명 정도의 사람을 조사하여 그 사람의 어떠한 점을 본받고 싶은지를 발표하고 내가 궁극적으로 되고 싶은 것은 한 사람이 아니라 여러 사람의 장점을 나라는 하나의 사람에게 뭉친 사람이 되고 싶다고 발표했다. 발표를 준비할 때까지는 나의 이러한 생각에 확신은 없었는데 하고 나서는 명확해졌다. 내가 어떠한 사람이 될 것인지."

프로노스는 손가락으로 자신의 종이 일부분을 가리키며 말을 이어

나갔다.

'한이가 그것을 그렸다.
그의 작품이었다.
누구도 물감에 대한 출처를 묻지 않았다.
헌 도화지 위 타인의, 타인이 만든 물감으로 그것을 그렸으나
그 누구도 이 때문에 그 그것이 그 사람이
그리지 않은 것이라고 비판하지 않았다.
물감과 붓은 다른 사람이 만든 것이지만,
완성하고 구체화하는 것은 장본인이다.
누군가 물감부터 만들지 않은 이유를 묻지 않는 이유는?
명확하게 알고 있기 때문이다.
그 그것은 그의 작품이라는 것을.'

"소피, 이 시를 봐. 이건 내가 쓴 시다.
나는 스포이드이고, 색을 뽑아서 내가 조합하는 것일 뿐이다,
그래서 난. 끝내 누군가가 되지는 않는다.
난 아직 학생이기에, '어떤 어른이 될 것인가'에 대한 생각을 해보았
다. 그리고 결론에 이르렀지. 그건 이곳에 쓰여 있는 것과 같다."

'Part1. 〈나는 어떤 어른으로 성장할 것인가?〉'

'어른과 아이의 차이는 무엇이고, 어디에서 비롯되며, 어떤 기준으로 구분되는가?'
내가 느끼는 감정, 그에 따른 행동들을 전지적 위치에서 이성적인 판단이 가능할 때.

(How) : 슬픈 일, 억울한 일, 기쁜 일, 화가 나는 일이 있을 때 전지적인 위치. 즉 나 자신조차도 제 3자로 보고 어느 곳으로부터 비롯된 감정인지, 변하지 않는 요쇼와 변하는 요소를 나누고, 내가 바꿀 수 있는 것과 바꿀 수 없는 것을 구분한다. 나에게 필요한 것이 무엇인지 나의 위치에서, 다른 이의 위치에서 살핀다. 이성적 판단을 마친 후에 그 감정에 자유로워졌을 때 다음 행동을 정한다.(이때 나에게 '자유로움'이란 그 감정을 떠올렸을 때, 더 이상 죄책감이나 불쾌감. 이 모두를 아우르는 나를 얽매이는 감정들이 떠오르지 않고, 이러한 과정들이 내게 있어 발판이 되고, 거름이 되며, 나의 발목을 잡는 것이 아닌, 내가 앞으로 나아가기 위한 과정 중 꼭 고쳐야 한다는 생각이 들고, 더 이상 그 감정이 '후회'가 아닌 발전의 요소라는 생각이 들 때.)
내가 할 수 있는 것에는 온 힘을 부을 수 있는 강인한 정신과 체력, 포기를 해야할 때는 그것에 대하여 아쉬움과 슬픔을 겸허히 받아들일 수 있을 때.

식물은 꽃을 피우고, 열매를 맺는 과정에서 열매까지 도달하지 못할 것 같은 꽃을 과감히 포기하고, 영양분을 생존 가능성이 높은 줄기로 전달한다. 과감히 버리면서 변할 수 있는 선택지의 가능성을 높이는 나의 행동은 생존 가능성. 자손을 널리 퍼트리게 하는 식물의 무의식과 다름이 없다. 내가 할 수 있는 것을 택하고 할 수 없는 것을 과감히 버리고, 나아가려는 행동은 모든 생물의 유전자에 속한 무의식에 해당할지도 모른다.

('무의식'이란 내게 무엇인가?

1.나의 행실로 인해 바뀐 나의 모습
내가 이루고자 하고, 하고 싶은 것이 있을 때, 그것을 향하여 자연스러워질 때까지. 생육 될 때까지 녹이는 것.

2. 기질.
전지적 위치에서 나를 제3자로 보아야 하기 때문.
이를 파악하기 위해서는 나와의 수많은 대화와 피드백이 필요하며 근본을 파악해야 하기 때문.)

(Why) : 어떤 일이 닥쳤을 때 떠오르는 것은
그것으로 인한 나의 감정들. 슬픈 일은, 그로 인하여 더 성장할 수도 있겠지만, 흘려보내야 할 때도 있다. 성장할 때는 그를 통해 내일을 바라보면 되는 것이고 흘려보내고 슬픔을 받아들이는 것이야말로 '니버의 기도'이니 내가 전지적 위치에서 판단이 가능해졌을 때 비로소 먼 훗날에 내가 받아들일 수 있는 결과로 이어질 것.

대게, 많은 사람은 말한다.
과거는 후회되고 현재는 복잡하며 미래는 두렵다고.
이는 어제의 나에게 감사할 줄 모르고, 현재 내가 하는 생각들조차 자신 스스로 정리가 되지 않으며, 미래에 나에게 기대가 되지 않는 동정이라는 생각이 든다. 나는 어제의 나에게 감사하고, 오늘의 나를 전지적 위치에서 정리할 수 있으며 수 많이 쌓인 '어제'들과 오늘로 인해 기대되는 내일을 만들고 싶기 때문이다. 내일의 나를. 일주일 뒤에 나를. 일 년. 수놓은 해들이 기대되는 것은 어제의 나로 인한 까닭이다.
마지막으로 어떤 일은 항원일 뿐, 항체, 기억세포를 만드는 것은 나의 몫. 나에게 오는 일들이 새로이 왔을 때는, 일이 커도 기억세포를 만든다면 그것은 백신에 불과하다. 우리는 기억세포를 만들어야 한다. 또, 우리는 앞으로의 인생에서 거대한 사회의 흐름에 방해받아, 바라던 결과를 얻지 못하는 일이 반드시 생길 것이다. 그때 사회에서 그 원인을 찾기보다. 사회를 부정하기보다 세상은 원래 그렇다며 이해하는 마음을 가져야 한다. 사회의 흐름이 자신을 가지고 논다면, 그 안에서 자신은 어떻게 헤엄쳐 가야 하는가가 핵심이다. 헤엄칠 수 있는 법은 파도를 분석하는 것이고 살아남는 것. 이는 내가 했던 말들의 종합.'

"소피, 여기서 이렇게 쓰여있는 이것이 내가 되고 싶은 사람의 모습이다. 나의 꿈이라고 할 수 있지."

"프로노스, 넌 내가 생각했던 것보다 많은 것을 이룬 것 같네. 내가 모든 과정을 보지는 않았지만 이러한 질문들이 보통 우리 동갑내기들이 하는 질문들은 아니잖아."

"그렇지 나도 그렇게 생각하는데, 그런 이유로 내가 나를 자화자찬할 필요는 없다고 생각이 든다. 내가 가장 경계하는 것은 오만이라는 감정이라서 말이야.
그리고 part.2는 네게 처음에 보여준 내 시와 그에 대한 나의 생각이지."

"그렇다면, 네가 가장 경계해야 할 것은 뭔데? 이걸 이루기 위해서 무언가를 행하는 너를 가로막을 그건 어떤 것인데?"

"나는 없다고 생각해 난 내 모든 감정에 자유로운 상태가 될 것이니. 앞으로 힘든 일이라고 한다면, 수없이 많은 일이 나의 발목을 옭아매어 나를 힘들게 하겠지만, 나는 항상 그 일들에 대해 자유로워지겠다. 이것이 끝이야."

"프로노스, 난 말이야, 네 말에 모순이 있다고 느껴지는데?
네가 말한 너의 약점은 오만이라는 감정이지. 네가 말한 것처럼 네가 지금 너 스스로 어른이라고 생각한다면, 넌 그 감정에 대해 자유로워? 그렇지 않다면 무엇이든 두렵지 않다는 너의 그 말 자체가 오만이고 모순 아닐까?"

프로노스는 그 말을 듣고 머리가 멍해졌다. 자신도 모르는 새에 자신이 또 오만했다는 깨달음을 얻었다. 프로노스는 이후 말을 이어가지 못했고, 허공을 바라보며 아무런 대답도 할 수 없는 프로노스를 몇 분간 바라보던 소피도 곧 방을 나섰다.

이윽고 또다시 자아 성찰을 나선 프로노스는 피곤함을 이겨내지 못한 채 그의 노트 흥경과 연필을 손에 꽉 쥔 채 다시 잠들었다.

다음날이 되고 학교에 가는 프로노스의 발은 평소보다 무거웠다. 이 고민을 어떻게 해결해야 할까 고민이 되었다. 그리고 그 고민은 학교에서까지 이어져 이날 여명에서 하기로 한 활동의 준비를 하지 못하였다. 학교가 끝나고 여명에 왔을 적에야 프로노스는 자신이 오늘 할 일을 하지 못했다는 것을 깨달았다. 그는 먼저 와 있는 프로메테이아에게 오늘은 몸이 좋지 않아서, 참여하지 못할 것이라는 말을 남기고 다시 집으로 가는 길. 생각을 정리하기로 하였다.

여전히 무거운 발걸음. 그의 한 걸음, 또 한 걸음에는 발목의 족쇄를 건 채 걸어가는 죄인과 같은 무거움만이 보일 뿐이었다. 걷다가 집에서 좀 떨어진 공원에서 발을 멈추었다. 그곳에 있는 벤치에서 떨어지는 해를 보며 자신이 오만하지 않을 수 있는 방법에 대하여 생각을 이어나갔다. 도무지 생각나지 않는 답. 그의 머릿속은 생각을 이어갈수록 점점 더 복잡해져만 갔다. 그때 공원 입구 쪽에서 이곳을 향해 걸어오는 이가 있었다.
그는 백톰. 프로노스의 친구였다.

프로노스가 앉아있던 공원은 백톰의 집 근처였는데,
하교 후 밥을 먹고 집에 가던 백톰이 우연히 공원 벤치에 앉아 생각에 빠져있는 프로노스를 보고 왔던 것이었다.

"어이 프로노스! 여기서 뭐 하고 있어? 여긴 너희 집 앞도 아니잖아."
백톰이 걸어오며 프로노스에게 물었다.

"어, 백톰 집 가는 길이야? 난 그냥 산책하다가 이 곳에서 해가 져물어가는 것이 잘 보이길래 왔을 뿐이야."

"그래? 시간 괜찮으면 나랑 잠깐 대화 좀 나눌래? 난 마침 네게 궁금한 점들이 있었는데, 고민이 있어 보이는데, 먼저 할 이야기가 있다면 듣고 내 질문을 할게."

"아냐 난 그냥 여기서 해가 저물어가는 걸 보고 있었을 뿐이야. 무엇이 궁금한데? 뭐든 물어봐."

"사실은 말이야.
물어보고 싶은 것보다는 고민이 있는데, 타이밍을 잡기가 쉽지 않더라.
네가 여명을 만들고 그곳에서 에드윈, 프로메테이아와 매일 이야기를 나눈다는 것을 팀페로에게 들었어. 그리고 매일 무엇을 하는 네게 가서 내 고민을 묻기에도 조금 무리가 있지 싶고, 내 고민을 네게 나누면 너도 같은 고민에 빠질 것 같아서. 넌 항상 깊이 생각하고, 답을 찾는 사람이었으니 지금도 그렇겠지. 어찌 되었건 간에 네가 지금 시간이 괜찮다니 말을 이어 갈게.

프로노스, 네게 방금과 같은 이유로 말하지 않았던 것들이 있는데.

우리 부모님에 관한 이야기야. 우리 부모님은 내가 어릴 때부터 사이가 좋지 않으셨어. 어느 순간부터 서로 아무 말도 나누지 않는 사이가 되더니, 지금은 같은 집에 살지만 서로 완전 남 같아. 서로 대화를 하는 때는, 싸우실 때지. 그리고 그럴 때면 난 항상 어떤 행동을 취해야 할지 모르겠더라. 싸우지 말라고 화를 내볼까, 침묵을 이어갈까 그리고 그 사이에 있는 나는 무엇일까. 이런 생각들의 연속이었지. 근 몇 년간 말이야. 내가 알기로 프로노스 넌 가족들과의 사이가 좋은 것으로 알고 있어. 부모님과 이야기가 잘 통하고 말이야. 네가 그렇게 말해준 적이 있잖아. 이런 고민은 넌 해본 적이 없겠지. 다른 일반적인 친구들도 마찬가지라고 생각해. 예컨대, 가족들 사이가 아주 좋은 에드윈은 말할 것도 없듯이 말이야. 난 그래서 이렇게 남들이 하지 않아도 되는 고민을 어린 나이에 하는 지금의 나를 받아들이기가 힘이 들어. 아까 말했듯, 지금 나는 어떤 행동을 취해야 할지도 미지수지. 프로노스. 넌 생각이 깊으니 항상 묻고 싶었어. 넌 이런 상황에 놓여있다면 어떤 행동을 취할 것 같아?"

프로노스는 감당하기 힘든 내용에 연속이었다. 어떤 말을 해야 할지, 어떤 반응을 해야 할지 난감할 뿐이었다. 프로노스는 많은 고민을 했지만, 쉽사리 말을 잊지 못하였다.
정적이 흐르고, 프로노스는 어렵게 입을 열었다.

"백톰. 정말 미안해.

너의 상황을 아무것도 겪어보지 못했던 나는 너의 말을 한마디도 공감할 수 없기에 이해할 수도 없다. 설령, 내가 지금의 상황에서 이렇게 해라, 저렇게 해라, 라는 말들이 얼마나 가벼울지, 무거운 말을 전해 네게 또 다른 부담으로 전해질지조차도 나는 가늠할 수가 없다. 미안하다. 지금 내가 너에게 해줄 수 있는 말은 누구나 할 수 있는 힘내라는 가벼운 위로의 말… 정말 미안하다."

말을 들은 백톰은 호탕하게 웃으며 별일 아니라는 듯 말했다.

"나의 이야기를 경청하고, 이에 대해 깊이 생각을 해주는 것만으로도 이해이고 공감이라고 생각해. 프로노스, 난 어쩌면 너와 같이 내 말에 귀를 기울이고 들어줄 사람이 필요했지만, 지금까지 그 사실을 몰랐던 것일지도 모르겠다.

길다면 길고 짧다면 짧은 내 이야기 들어주어 고맙다!"

백톰은 자신의 이야기로 인하여 심각한 표정을 이어가고 있는 프로노스노스의 기분을 환기해주기 위해 실없는 농담을 섞어가며 여러 상관없는 이야기들을 늘어놓았다. 백톰의 노력 덕분에 프로노스의 표정은 조금 밝아졌지만, 머릿속 한쪽에 자리 잡고 있는 것은 부정할 수 없었다. 꽤 오랜 시간 이야기를 나누던 두 명은 늦은 시간이 되어서야 서로의 집으로 향하였다.

프로노스는 이 이후 일주일 동안, 다른 곳에 깊은 집중을 할 수 없었다. 여명에서 이야기를 나눌 때도 이야기는 다른 이야기지만 머릿속에는 계속하며 백톰이 했던 말들과 자신이 부딪힌 일들이 생각났다.

8일이 지난 후 이날은 추상어를 각자의 정의대로 재정의하는 날이었다. 이날의 단어는 '불행.' 각자 이 단어를 어떻게 자신의 삶에 녹이며 떠올리며 이야기를 나누고 있었다. 에드윈, 팀페로 프로노스는 각자의 노트에 자신의 생각을 여럿 적고 정리를 하고 있던 늦은 밤. 프로메테이아는 노트 한 장에 한 문장만을 쓰고는 자신의 노트를 보며 깊은 생각에 잠겨있었다. 각자 생각을 마치고 생각을 나누기 위해 그들은 칠판 앞에 4개의 의자를 두고 앉아 한 명씩 나와 자신이 했던 생각을 말했다. 에드윈, 프로노스, 팀페로의 차례가 지나고 프로메테이아의 차례. 그는 조용히 노트를 자신의 반대쪽으로 돌려 모두가 볼 수 있도록 돌린 후에, 넓은 백지에 여러 개의 강조표시가 되어있는 하나의 문장을 보여주었다.
'왜 불행하면 안 되는가?'

07

"나는 불행하기를 희망한다"

제7장 "나는 불행하기를 희망한다"

...

"내 주장은 이거야. 모두 불행하지 않기 위해 노력하지. 하지만 왜 불행하면 안 되는 것이지? 누군가 불행했던 과거가 있다면 그 불행을 이겨냈을 때 그것으로 인해 오는 나의 깨달음은, 누가 '가치없다.'라고 평가할 수 있을까?
프로노스, 네가 얼마 전, '어떤 존재가 되고 싶은가'에서 발표했던 내용과 같이 말이야."

프로노스는 그의 말을 듣자마자 일어나 그들에게 양해를 구한 뒤 바로 집을 향하여 뛰기 시작했다. 한 걸음 발을 내디딜 때마다 가벼워지는 듯한 발걸음. 그의 발걸음을 보며 그가 이날과 백톰을 만났던 일들에 대한 답을 찾았음을 알 수 있었다. 집에 오자마자 손 씻고 밥부터 먹으라는 부모님에 말을 무시한 채 그는 방으로 뛰어 올라갔다. 한참을 앉아 홍경에 생각을 적던 프로노스는, 새벽이 되어서 만족한다는 표정을 지으며 잘 준비를 하고 침대에 누운 프로노스는 마지막으로 자신이 이날 적은 답변을 읽으며 잠들었다. 이윽고 머지않아 프로노스의 방에 누군가 들어와 그를 깨우기 시작했다.

"일어나 봐. 왜 집에 들어오자마자 밥도 안 먹고 방으로 향해서는 옷도 벗지 않고 이러고 자고 있어?"

그의 단잠을 깨워 말을 거는 것은 오늘도 어김없이 소피의 몫이었다. 프로노스는 일어나 옷을 한 장씩 벗으며 잠옷으로 갈아입고 다시 침대에 누워 잠을 자려던 차에 문득 소피에게 자신의 생각을 말해줄 겸 다시 정리해야겠다는 생각이 들었다.

"소피, 마침 잘 왔다. 잠시 나와 이야기 좀 나누자."
소피는 그의 말에 대답하듯 조용히 그의 침대에 걸터앉아 그의 이야기를 들을 준비를 하였다.

"소피, 난 말이야 8일 전 너의 말을 들으며 나의 약점인 오만. 그 감정을 어떻게 받아들일 것인지에 대한 생각을 오랫동안 해보았는데, 그 갈래가 이상한 곳까지 뻗어 나아가더라. 이런 고민을 통해 더욱 발전할 수 있겠다는 긍정적인 생각은 항상 들었지만 정말 어려운 고비에 도착하니, '이 모든 것을 시작하지 않았다면 이러한 난관도 별

생각없이 넘기며 어렵지 않게 살 수 있지 않았을까?'하는 생각이 들더라. 생각들이 가지를 타고 뻗어 내가 나의 과거를 후회하고 있더라. 내가 적었던 '내가 되고 싶은 존재는 무엇인가'에 대한 말들이 모두 지켜지지 않고 있지.

비록 8일. 짧았던 날이었다. 하지만 난 그 짧은 시간 동안 내가 설정했던 나의 이상을 내가 바라보는 태도를 깨달을 수 있었다.

네가 알고 있을지 모르겠지만, 누군가에게 나의 꿈을 말할 때 듣는 사람에게 있는 나의 객체는 둘로 나뉜다. 이상주의자와 몽상가.

난 지금까지 누군가 내게 이상주의자라고 말하여도, 개의치 않고 내 할 일을 해왔다. 그것이 내게 주어진 일이고 내가 해야 할 일이니까. 그래서 난, 하고 싶은 것을 서슴없이 말하며 어딘가로 나아가는 몽상가인 줄로만 알았는데 아닌 것 같더라.

나는 아직 이상주의자다. 내가 이룬 것은 아무것도 존재하지 않는다. 그러니 나는 오만해서는 안 되지."

"그래, 난 그저 너의 거울 역할. 너 스스로 나의 질문을 탐구하고 깨달음을 얻었다면 다행이다."

"소피 고마워. 내가 느낀건 여기까지야. 오늘 또 하나 느낀 것이 있는데 그건 내 친구에 관한 이야기라 정리가 되면, 그때 너에게 전해줄게. 잘자."

소피는 문밖을 나가고 프로노스 또한 다시 잠들었다. 아침이 밝았을 때 프로노스는 곧바로 백톰의 집으로 향하여 문을 두드렸다.

"백톰! 나야 프로노스. 네게 할 말이 있어 같이 등교하자."
백톰은 해도 뜨지 않은 시간 찾아온 프로노스를 보며 의아함을 가졌지만 금세 나갈 준비를 마치고 그와 학교로 향하였다. 그의 집에서 학교로 가는 길에는, 지난번 그들이 대화를 나누었던 공원 벤치에 앉아 이야기를 나누기로 하였다.

"백톰. 이른 시간에 널 찾아와서, 대화하자고 했던 것은 저기 저 떠오르는 태양을 보기 위함이다. 우리는 지난번 여기 이 자리에서 이야기를 나눌 때 지는 태양을 보며 이야기를 나누었지. 내가 하고 싶은 말은 네가 저번에 했던 말, 있잖아. 어릴 때, 너의 동년배들은 하지 않은 고민을 너 스스로는 그것에 대하여 탐구하고 생각을 이어나가야 하냐고. 그것에 대하여 난 일주일보다 더 긴 시간 동안 탐구를 했는데, 여명에서 그 답을 찾았다.

'불행' 너와 네가 느끼는 감정은 이가 아닐까 싶다. 난 너와 대화를 나누기 하루 전, 오만한 나를 돌아보며 나를 어떻게 변화시킬지를 생각해 보았다. 그리고 너와 대화를 하던 때도, 난 오만했지. 그래서 네가 한 말에도 '이해와 공감이라는 말을 사용했던 것일지도 모르겠다.'라는 생각이 든다. 난 너의 말을 듣고 이해와 공감에 대해 다시 생각해보았다. 우리는 이해와 공감을 할 수 있을까? 똑같은 상황은 '우리의 삶이 다 다르기에 할 수 없는 것이 아닐까?'라는 생각이 들었다. 또, 이해와 공감을 잘한다고 주장하는 사람들은 무엇이며 이해하고 공감을 잘한다고 주장하는 사람들은 무엇이며 이해하고 공감한다는 말이 오만한 것이 아닐까 하는 생각이 들었다. 불쌍하다는 감정을 느끼기 위한 하위개념은 내가 보는 대상이 나보다 아래라고 생각하고 연민을 느껴서인 것처럼 말이야. 내가 사용했던 단어 '이해와 공감'을 다시 떠올려보니, 그렇더라. 그리고 불행하다고 생각하는 너의 그 과거 이야기 말이야. 지금도 나아지지 않았겠지. 어떻게 해야 할까 싶고, 말은 하지 않아도 하루하루 막막하고, 말 할 수 있는 이도 많지 않으니, 답답한 나날들의 연속이겠지. 하지만 이 모든 것을 이겨냈을 때 넌, 이런 고민을 해보지 못했던 다른 동년배들보다 더 성숙해지고 더 생각이 깊은 어른으로서, '너의 꿈을 향해 달려갈 수 있지 않을까?' 싶다. 불행하다고 여기는 나의 과거와 현재가 언젠가 거름이 되어 꽃피우는 날이 오겠지. 그날을 바라보고 너의 심연을 들여다보고 대화를 이어간다면 더욱 성장한 너를 볼 수 있겠지. 심연을 들여다볼 때 심연 또한 너를 바라보니. 난 이러한 생각을 가지고 있어. 난 과거와 현재의 불행들이 언젠가는 나의 거름이 될 것이라는 확신을 가지고 살아가고 있다. 그런 생각을 하니 오히려 더 불행하지 못했던 나의 과거들이 후회되더라. 지금보다 더 힘들었더라면 우리는 더 성장한 지금의 우리를 볼 수 있지 않을까?

요컨대 난,

'불행하기를 희망한다.'
지금 너의 상황은 하룻밤이 지난다고 해결되지 않을 것들이지. 그러니 나와 내 곁에서 어떤 방법으로 이 일을 해쳐 나아갈지와 앞으로의 꿈을 향해 나아가자. 그러니 여명에 들어와 우리와 함께 동행하자."

말이 끝났을 때 백톰의 눈시울은 붉어져 있었다.
"난 내 심연과 대화를 자주 한다고 생각했어. 이렇게 해봐야지. 저렇게 해봐야지, 하면서도 생각은 그러한 방향으로 가지만 가슴이 따라주지 않는 상태를 반복했던 것 같다. 그 안에서 피어오르는 나 감정은 분노. 그리고 난 그 감정을 컨트롤 하지 못했다. 그래서 난 그것에 대해서도 너와 더 깊은 연구를 하고 싶다. 네가 오만에 대하여, 탐구하는 것과 같이 말이야. 그리고 난 너의 대화를 들으며 확신할 수 있었다. 난 너와 같이 말하는 이를 찾아왔다는 것을.

여명에 들어가겠다.
그곳에서 나의 발전과 모두의 발전을 위해서."

프로노스는 그가 가장 경계하는 감정이 '분노'라는 말을 듣고는 더욱 강한 확신을 가질 수 있었다. 그가 여명에 불러올 큰 파도의 힘을. 대화가 끝났을 때쯤 다 떠오른 태양. 그들은 떠오르는 태양을 보며 학교로 향하였다.

학교에 모여서 어제 빠르게 들어갈 수 없던 이유를 여명의 멤버들에게 설명을 해준 뒤에, 프로노스는 백톰을 그들에게 소개해 주었다. 그리고 그와 나누었던 모든 이야기를 공유하며 모두의 동의를 구하고 백톰은 그렇게 여명의 멤버가 되어 그날 하교 후 여명으로 향하는 사람은 다섯이 되었다.

08

"생육되면 이유를 잊고,
생육되지 못하면 목적을 잃는다"

제8장 "생육되면 이유를 잊고,
생육되지 못하면 목적을 잃는다"

...

짧은 기간 동안 사람이 2명이 늘어났다.

생각을 공유할 수 있는 인물이 2명이 늘어 더 다양한 의견을 서로 묻고 답할 수 있었지만, 사람이 많아지니 그들은 점점 그들이 목표한 바에 멀어지는 것 같았다. 사람이 늘어나니 그만큼 놀 수 있는 환경의 구성이 늘어나고, 그들이 나누기로 했던 이야기가 아닌 실없는 농담을 하거나 몇 시간 동안 서로 웃으며 떠들기도 하는 날들이 늘어갔다. 누구나 프로노스가 리더라는 사실은 부정할 수 없었지만, 프로노스가 이러한 행동을 잡지 않고 동조하니. 여명의 나태는 날이 갈수록 심해져만 갔다.

여름이 거의 끝나갈 때의 여명은 예전만큼의 빛을 잃어만 갔다. 전만큼 많은 대화를 나누고 그것을 정리하지도 않았으며, 여명은 그저 그들이 대화를 편하게 나눌 수 있는 지금의 카페와 같은 역할이 되어만 갔다. 하지만 이러한 나태함은 그들 또한 인지하고 있었는데, 이에 대한 안건이 나왔음에도 그들은 다시 쉽게 바뀌지 않았다. 높은 층에 도달하기 위해 계단을 올라가는 것은 많은 근육을 쓰고 힘겹게 올라가야 하지만 내려오는 것은 별생각 없이 내려올 수 있듯이. 이 시기에 에드윈은 누구보다 이러한 나태에 대한 감정을 크게 걱정하고 있던 참이었다.

8월의 어느 날 밤. 이날도 어김없이 여명의 멤버들은 모여서 웃고 떠들기 바빴다. 집에 갈 채비를 하던 에드윈은 내일이면 다가올 9월을 준비하기 위해 달력을 넘기던 중 문득 생각났다. 곧 다가올 새 학기에 다시 학교로 돌아올 사이먼의 존재가.

오랜 시간 친구로 지내던 사이먼을 맞이하기 위해, 복학을 선택했던 이유가 궁금했기에 에드윈은 다음날 여명에 나오지 않고 그를 만나러 간다는 말을 남긴 채, 각자의 집으로 향하였다.

아침이 밝고 곧 새 학기이기에 에드윈은 눈을 뜨자마자 사이먼의 집으로 향하였다. 곧장 그의 집으로 향하고 문을 두드리고 얼마 지나지 않고 나오는 사이먼. 오랜만에 만난 그들은 왜 집에 왔는지에 대한 이유는 서로 묻고 답하지도 않은 채 짧은 집으로 들어갔다. 집에 들어간 에드윈은 전과 다른 집의 모습에 놀랐다. 사이먼은 한 마리의 고양이와 살고 있었는데 평소 고양이 털 때문에 더럽던 집은 온데간데없고 깔끔히 치워진 모습과 유리잔에 비치는 샹들리에는 그를 놀라게 하기에 충분했다. 에드윈, 또 모두가 아는 사이먼은 나태함의 극치. 집도 치우지 않으며 심지어는 밥을 먹는 것도, 화장실에 가는 것 또한 남들이 보기에 과하다 싶을 정도로 모든 행동이 느리고 나태하였다. 학교에 가야 했기에, 그들의 수면시간에는 한계점이 있었는데도 불구하고 그는 항상 깊은 수면과 긴 시간을 요했다. 하지만 이른 시간 찾아왔음에도 불구하고 잘 정돈된 머리. 깔끔한 옷차림 새와 그의 집은 그가 전과는 다른 사람임을 증명하였다. 이리저리 둘러보며 입을 다물지 못하던 에드윈에게 사이먼이 먼저 말을 걸었다.

"내게 찾아온 데는 이유가 있을 것인데, 천천히 듣고 싶네. 그리고 네가 전에 해주었던 여명의 이야기도 듣고 싶고 말이야. 차를 가져올게, 마시면서 얘기할까?"

에드윈은 행동이 느리던 사이먼을 보며 어떻게 극적인 변화를 이끌어 낼 수 있었는지 궁금했지만, 주전자가 끓는 소리가 난지 20분이 지나도 오지 않는 사이먼을 보며 약간의 머뭇거림이 생겼다.

"오래 기다렸지. 미안하다. 차 끓이는 법을 배운지 얼마 안 되어서 말이야. 곧 익숙해지겠지. 먼저 궁금한 것이 있다면 네 얘기를 듣기 전에 먼저 답을 해줄게. 무엇이 궁금해? 내가 복학을 선택한 이유?"

"맞아. 네게 묻고 싶었는데 항상 바쁜 나와 밖에 잘 나오지 않는 너와 만나기에는 시간이 맞지 않았지. 넌 왜 복학을 선택한거야? 내게는 아무 말도 없었잖아."
"에드윈. 네가 모르는 사이에 내게는 많은 일이 있었다.
먼저 내가 남들보다 나태하다는 사실은 너와 내가 오랜 시간 동안 친구였으니 너 또한 잘 알고 있지?"

"잘 알고 있지. 그것 때문에 답답할 때가 수도 없이 많았으니."

"난 내가 나태하다는 사실을 깨닫기 전까지 오랜 시간이 걸렸다. 그저 나는 어떠한 행동을 하기까지 많은 시간이 걸린다는 생각만을 했지. 난 왜 이렇게 느릴까? 빠르게 해야 할 일을 앞에 두고 있음에도, 계속해서 누군가 내게 '천천히 해도 돼'라고 속삭이는 것만 같았다. 나태함. 요컨대 잠은 내게 나태와 엮은 가장 큰 문제였다. 그리고 깨달았다. 누군가 내게 속삭이는 것만 같은 것이 아니라, 진짜 누군가 내게 그렇게 말하고 있더라. 내 안에 또 다른 나. 그의 이름은 솜누스. 로마 신화를 읽어 봤나? 로마 신화에서 잠의 신을 그 이름으로 부르더라. 그래서 난 내 안에 나태함이라는 감정을 일으키고 수면이라는 상태로 계속하여 나를 이끄는 또 다른 나의 존재를 난 그렇게 부르기로 했다. 내 안에 존재하는 솜누스 그는 내 안에 무의식 안에, 심연 속에 존재하는 이였다. 그의 존재를 인지하고 나서 나는 내 안에 나와 대화를 하기 위해 많이 노력하였다. 난 끊어내야만 했다. 내가 꾸는 꿈을 이루기 위해. 하지만 그에는 시간이 걸리더라. 네가 저번에 여명에서 하는 일이 스스로 자신과 대화하고 그것을 공유하는 것이라고 했지. 그러니 너도 그것이 얼마나 오래 걸리는 일인지를 잘 알고 있겠지. 너는 빠르게 너 스스로와 대화를 하여 네 안에 있는 쾌락을 이끄는 존재를 지웠을지도 모르겠지만. 난 빠르게 되지 않더라. 나는 항상 느렸다. 하지만 이도 생각해보니까 내 장점으로 승화시킬 수 있을 것 같더라. 너도 알겠지만, 난 매사 신중하다. 내가 모르는 것이 있다면 내가 지금 당장 해야 할 일이 있어도, 남들이 하지 않는 질문도 여러 번 던져 내가. 스스로가 이해가 될 때까지 되새기는 과정을 여러 번 밟지. 난 느려 하지만 그러니 확실하게 짚고 이해하고 넘어갈 수 있다. 그것이 나의 강점이다. 또, 이러한 과정은 다른 것과 병행이 되지 않는 단점도 존재한다. 난 학교에 간다면, 내 안에 존재하는, 내가 배척해야 하는 솜누스라는 또 하나의 나를 죽이지 못한다는 사실을 알 수 있었다. 그래서 복학을 결심했다. 학교에 나가지 않으며 '나'를 정리해갔지."

사이먼은 책상 아래에 있던 노트를 꺼내며 에드윈에게 보여주었다.

"Study of simon."
그의 노트 맨 앞에 쓰인 문구였다.

"이건 무슨 뜻이야? 여긴 어떤 것들이 담겨있어?"
"나를 공부했던 것들. 내가 밀어내고 끝내 없애고 싶어 했던 사이먼 또한 결국에는 나지. 그러니 그에 대한, 나에 대한 것들 모두를 이곳에 적고 나는 어떤 존재가 되고 싶은지에 대한 것들을 적었다. 그래서 복학을 하는 동안 많은 것들을 깨달을 수 있었지. 그리고 난 솜누스를 죽이는 것에 성공했다. 솜누스는 항상 내 꿈에 나와 나와의 대화를 이어가려고 하였다. 그곳에서는 자유롭게 대화를 이어나갈 수 있었거든. 먼저 잠을 극복하는 법 그리고 그 이후에는 나를 어떻게 변화시킬 것인지에 대한 방법. 끝내 이 집을 둘러보아라. 난 네게 변화하였다고 말하지 않았는데도 들어올 때의 너의 표정을 보면 알겠더라.
맞아. 난 느리다. 하지만 그 덕에 확실히 알 수 있지."

"내가 없던 사이에 많이 변화했구나. 난 네가 자랑스럽다. 너에게 배우고 싶은 점들이 정말 많구나. 이젠 내가 여명의 이야기를 해줄게."

에드윈은 지금까지 여명에서 있었던 일들을 하나도 빠짐없이 이야기 해주었다. 그리고 지금의 상황도.

"난 여명에 들어가고 싶었는데. 그러한 상태가 몇 개월간 이어졌다니 그렇다면 조금은 망설여진다. 100%에서 50%가 되는 것은 반을 잃는 것이지만 다시 100%가 되기 위해서는 두 배의 노력이 필요하잖아? 난 오늘 네가 왔길래 여명에 들어가는 것을 부탁하고 싶었지만 오늘은 아닌 것 같네. 아쉽지만 어쩔 수 없지."

에드윈은 딱히 이어갈 말이 없었다. 그의 말이 다 맞았기 때문이다. 대화가 끝난 이들은 함께 사이먼의 집에서 밥을 먹은 후 에드윈은 집으로 향하였다.

많은 생각이 들 수밖에 없었겠지. 자신들이 멈춰있는 동안 많은 성장을 이룰 것이라고, 생각지도 못했던 이의 발전을 본 에드윈은 오늘은 쉬기로 했던 여명으로 향하였다.
문을 열기도 전 열려있는 창문을 통해 들려오는 그들의 웃음소리는 그의 발걸음을 무겁게 만들 뿐이었다. 그가 문을 열고 들어갔을 때도 마찬가지였다. 그는 문을 열고 천천히 걸어가 그들이 대화하는 정중앙에 의자를 놓은 후, 그 위에 앉아 이야기를 꺼냈다.

"난 최근 우리가 많이 나태해짐을 느낀다. 그리고 그러한 문제점을 너희 또한 알고 있지만 고치지 않고 있을 터. 지금 이렇게 대화하는 것. 솔직히 재밌잖아. 안 그래? 방금 사이먼을 만나고 왔다. 깨달은 것이 많다. 그를 보며 난 우리가 어떤 행동을 취해야 할지를 깨달았다. 하지만 내가 그와의 대화를 전하는 것보다 너희가 직접 보는 것이 맞을 것 같다. 사이먼도 우리와 같은 학교에 다니니 그가 어떤 사람인지는 너희 또한 잘 알고 있을 터. 행동은 느리고 매일 하는 지각에 답답한 행동들.

내일부터 학교에 가서는 그의 행동을 예의주시하길 바란다.

그가 어떻게 바뀌었는지.

우리는 어떻게 바뀌었는지.

나는 제안하고 싶다.

우리는 일주일 뒤 이 자리에서 다시 만난다.

일주일 동안 아무도 여명에 나오지 마라.

그리고 그동안 자신을 돌아봐라.

내가 던져줄 키워드는 '나태'.

내가 그에게 부여받은 키워드는 '나태'.

일주일 뒤에 보자, 어떻게 생각해?"

이내 여명은 조용해졌다. 처음 듣는 그의 강단 있는 말. 아무도 그의 의견에 반기를 들 수 없었다. 모두는 그의 의견에 동의 한 뒤에, 아무 말 없이 서로의 짐을 챙겨 집으로 향하였다.

각자 다른 집으로 향하였지만, 머릿속에 떠오르는 키워드는 모두 같았다.

"나태"

09

"프로메테우스의 불이 약하게 타올랐다면,
인간에게 불은 전해지지 않았다"

제9장 "프로메테우스의 불이 약하게 타올랐다면, 인간에게 불은 전해지지 않았다"

...

프로노스는 일단 에드윈이 말한 사이먼을 먼저 살펴보기로 하였다. 그가 다음 날 학교에 갔을 때 먼저 학교에 도착해 있는 사이먼을 볼 수 있었다. 그가 복학하기 전 학교에 갈 때는 지각을 하거나 아슬아슬하게 도착하던 것이 그의 일상이었지만, 이번에는 달랐다. 프로노스는 오랜만에 보는 사이먼에게 인사를 하기 위해 다가갔지만, 쉽사리 인사를 하지 못하였다. 사이먼은 숨을 천천히 들이쉬고 천천히 내쉬기를 반복하며 명상을 하고 있었다. 곧은 자세, 책상 위로 모은 두 손을 보았을 때 프로노스는 전에는 볼 수 없었던 그의 무게 때문인지 인사는 하지 못한 채 자신의 자리로 돌아갔다. 그건 후에 학교에 온 프로메테이아, 에드윈, 팀페로, 백톰 또한 마찬가지였다. 오전이 지나 점심시간이 될 때까지 프로노스는 사이먼에게 어떤 말을 꺼낼까 고민을 해보았다.

그는 어떻게 변화했는지.

어떤 생각들을 가지고 보냈던 시간이었을지.

프로노스는 자신이 궁금한 것을 무작정 물어보기로 하고 점심 시간이 되었을 때 그를 찾아갔다. 멀리서 보이는 그를 향해 크게 외쳤다.

"사이…!"

에드윈은 그의 행동을 보자마자 곧바로 그의 입을 막고 돌아보는 사이먼을 등진 채로 반대편을 향해 프로노스를 잡고 뛰어갔다. 에드윈과 프로노스는 벽에 몸을 숨기고 에드윈은 사이먼이 다시 뒤를 돌아가던 길을 갈 때까지 그를 응시했다. 사이먼이 에드윈의 시야에서 사라지자, 에드윈은 그제야 프로노스의 입을 막고 있던 손을 내리며 프로노스에게 말했다.

"프로노스. 지금 네가 느끼는 궁금증, 나는 다 알고 이해할 수 있어. 내가 어제 느꼈던 감정들일테니. 네가 사이먼에게 가서 궁금증들을 묻는다면 그는 성심성의껏 하나하나 답을 해주겠지. 하지만 그건 내가 바라는 것이야. 프로메테이아가 처음 여명에 왔을 때가 기억나?"

"당연하지 그날은 잊을 수 없지."

"그렇다면 그날 프로메테이아가 했던 말들도 기억나지?"

“그 또한 잊을 수 없지.”

“그렇다면 너는 나의 의견을 잘 수용해 줄 거라 믿는다. 내가 누군가에게 무엇을 하라고 추천하는 데는 그를 설득시킬 명분이 필요하잖아? 하지만 나 자신이 누군가에게 배울 점을 찾고 그것을 나의 삶에 녹이려 함께하자고 먼저 제안을 하고 싶을 때는 그 명분을 내가 찾게 된다. 그게 프로메테이아의 노트에도 적혀있던 중용 23장의 실천이니까. 지금 너는 분명 바뀐 사이먼을 보고 당장 여명으로 초대하여 그의 목소리를 듣고 싶을 거야. 내가 추측한 바가 맞아?”

“정확히 맞지. 난 그를 초대해서 지금까지 어떤 일들이 있었는지 그의 목소리로 듣고 싶어.”

“나라고 다르지않아. 하지만 나는 어제 우리의 나태를 끊으려면 그가 필요하다는 것을 알 수 있었는데, 그는 열쇠가 아니야. 우리와 같이 열쇠를 찾아가는 입장이지.

내가 하고 싶은 말은 네가 만약 문을 열고 싶다면, 그가 열어줄 사람이 아니라는 말이야. 그와 함께 문을 열 궁리를. 우리는 그것을 해야 해. 네가 만약 지금 이 문을 열고 싶고 그가 열쇠라고 생각한다면 지금 한 번 사용하고 말아. 하지만 네가, 다음번을 그와 기약할 수 있다면, 그와 우리는 함께 해야 한다고 생각해. 그렇게 하기 위해서는 우리가 그의 바뀐 모습을 보고 감동하여 네가 말을 꺼내려 한 것처럼. 우리 또한 그를 감동하게 만들어야지. 내 말이 무슨 말인지 이해가 돼?"

"이해됐어. 그렇다면 이제 무엇을 해야하지?"

"두 달. 두 달간 그를 지켜보자. 난 솔직히 그가 바뀐 것은 알겠고, 그의 모습은 정말 본받을만하다고 여기지만 핵심은 지속성이라고 생각한다. 그러니 사이먼의 지속성을 한 번 지켜보자 그리고 그동안 넌. 아니, 우리는 그에게 말을 걸지 않고 그를 감동시킬 방법을 떠올려야지. 그도 우리에게 닮고 싶은 점을 찾게끔. 그렇기에 우리는 여명에 예전만큼 빛나지 못하는 불을 다시금 타오르게 해야지.

프로노스, 예전에 네가 나와 둘이 여명을 처음 만들었을 때 내게 해주었던 말을 나는 아직 기억해. 너의 꿈.

그리스로마신화에 나오는 프로메테우스처럼 네게만 있는 불을 누군가에게 전달할 수 있는 그런 개척자가 되고 싶다는 그 꿈. 또 넌 얼마 전 백톰이 왔을 때 우리에게 이상주의자와 몽상가의 차이를 말해주었지. 그런데 넌 아직 이상주의자인가보다.

'프로메테우스의 불이 약하게 타올랐다면, 인간에게 불은 전해지지 않았다.'

프로노스, 이 말 네가 했던 말인거 기억하지? 넌 사이먼에게 그리고 너에게 서로를 밝힐 수 있는 등불이 되려 한다면, 너의 불을 더 강하게 밝혀라."

"알겠어. 너의 말 정확하게 이해했다. 네가 했던 말은 오늘 내가 친구들에게 전할게. 그리고 그를 감동시킬 방법을 여러방면으로 생각해볼게. 나의 불을 더 강하게 밝히기 위해. 그리고 서로를 밝혀줄 사이먼을 위해서."

"동의해 줘서 고맙다. 이따가 여명에서 만나자."

자신을 탐구하다 보면, 자신의 약점을 알 수 있다. 그건 명사일 수도, 동사일 수도 있다. 자신의 약점이 어떤 형태이던간에 일단 인지하였고, 발전하고자 하는 목표가 있는 사람은 그 약점을 고치려고 할 것이다. 자신이 그 약점을 인지하고 고치는 것에는 시간이 얼마나 걸릴까? 프로노스는 앞으로도 자신의 가장 큰 약점인 '오만'에서 빠져나오지 못할 것이다. 그렇기에 백톰이 들어온 후에 여명에서도 큰 발전을 이루지 못한 것이 아닐까? 하지만 이날도 프로노스는 깨달았다. 확실한 자신의 약점을.

하교 후 여명에 모인 이들에게 프로노스는 에드윈의 뜻을 전하였다. 모두가 에드윈의 의견에 동의하였고, 그를 감동시킬 방법에 대해 생각을 이어나갔다.

프로노스가 여명에서 이들과 읽은 책 중, 한 권인 《손자병법》에는 '상대를 제압하는 동시에 상생하는 최고의 전략'이 적혀있다. '백 번 싸워 백 번 이기는 것은 최선 중의 최선이 아니고 싸우지 않고 적을 굴복시키는 것이 최선 중에서 최선'이라고 강조한다. 프로노스는 책에 나와 있는 말과 자신이 놓여있는 상황이 크게 다르지 않다고 생각했다. 나의 뜻을 전해야 하는 상태에서 말을 걸지 않으며 나의 뜻을 그가 온전히 받아들이며 감동하게 만드는 것.

10

"새가 활강하는 모습이 자유로워 보이는 것
은 네가 날아보지 않았기 때문이라고
생각해 본 적이 있는가?"

제10장
"새가 활강하는 모습이 자유로워 보이는 것은 네가 날아보지 않았기 때문이라고 생각해 본 적이 있는가?"

...

프로노스는 여명에서 친구들과 오랜 고민을 하였다. 그가 전과 완전히 바뀌었음을 사이먼에게 2달 안에 증명할 수 있는 방법에 대하여 생각해보았다. 사이먼의 관심을 끌 수 있을 만한 행동, 그리고 그 행동을 했을 때 사이먼이 알 수 있어야 한다.

이 시기에 여명에 멤버들은 사이먼이 교내 글쓰기 대회에 참가한다는 소식을 에드윈을 통하여 접하게 되었다. 글쓰기 대회에 참가하여 그들이 상을 받는다면 그들의 글이 공개될 테니, 그들은 글쓰기 대회에 나가서 대상을 받는 것을 목표로 하였다. 글쓰기 대회는 11월 둘째 주 목요일 남은 시간은 한 달 반 정도의 시간이 남았다. 그들은 모든 활동을 멈추고 이에 몰두하기로 하였다. 글쓰기 대회의 주제는 자유. 하지만 하루 이틀, 이 주일이 지나도록 그들은 단 한 명도 글을 쉽게 적지 못하였다.

모두 어떻게 글을 적어서 제출할지 고민을 하고 한 달이 지난 시점 이제 남은 시간은 얼마 남지 않았다. 그리고 어느 날 밤 이날도 프로노스는 자신의 노트를 바라보며 자신이 적었던 글 중 하나를 적어서 제출할지 또 하나의 글을 새롭게 적어 제출할지에 대한 고민을 하고 있던 참이었다. 생각을 이어가다가 머리가 아프기 시작할 때, 프로노스는 밑에 층에 있는 주방으로 내려가 물 한 잔을 마시며 숨을 고르며 집을 한 번 둘러 보았다. 그리고 그의 눈에 거실에 켜져 있는 티비가 보였다. 티비에서는 독수리에 대한 다큐멘터리를 다루고 있었는데, 태어난 지 얼마 되지 않은 독수리가 절벽에서 떨어지는 과정을 반복하여 보여주었다. 프로노스는 다큐멘터리에 크게 관심도 없고 많이 피곤했던 탓에 꾸벅꾸벅 졸고 있었다. 이때 소피가 거실로 나와 그와 그가 보고 있는 티비를 번갈아 바라보며 그가 앉아있는 소파 옆에 앉았다. 다큐멘터리가 끝이 날 때까지 조용히 티비를 바라보던 소피는 다큐멘터리가 끝이 나자 프로노스에게 말을 꺼냈다.

"나도 독수리처럼 자유롭게 날아보고 싶다….
모두의 위에서 바라보는 세상은 어떤 모습일까?

정말 자유롭지 않을까?"

프로노스는 대답할 힘도 없이 그대로 잠들었다. 눈을 떴을 때 소피는 방에 들어간 것인지 없었고, 거실에는 프로노스뿐이었다. 잠결에 들었지만, 마치 일기에 쓴 그 날의 제목처럼 그의 말은 생생하게 기억에 남았다.

그 또한 날아보고 싶다는 생각을 해보지 않았던 것은 아니었다. 날개가 있다면 자유롭게 세상을 날아보고 싶다는 생각을 해본 적이 많았기 때문이다. 소피의 말은 학교에 가서도 기억이 났다.
'내가 날개를 얻었을 때의 자유로움.
하지만 날기 전까지의 과정은…?'

이내 프로노스는 이 생각을 계속하다가 글쓰기 대회가 일주일이 남았을 시점 이것을 대회에 주제로 삼기로 하였다. 그가 이 주제를 통하여 크게 떠올릴 수 있는 것이 생각났기 때문이다. 그리고 시간은 지나 글쓰기 대회 당일. 프로노스와 여명의 멤버들은 각자 자신의 글을 제출하였고, 작품들은 하나하나 복도에 전시되기 시작하였다.

"새가 활강하는 모습이 자유로워 보이는 것은, 네가 날아보지 않았기 때문이라고 생각해 본 적이 있는가?"

- 프로노스 리슨 -

꿈을 꾸어본 적이 있는가? 누군가가 되고 싶거나, 어떤 직업을 가지고 싶다거나, 어떠한 존재가 되고 싶다는 꿈. 그것은 내가 되고 싶은 존재를 먼저 이룬 이를 보며 꾸었을 꿈일지도 모른다. 이때 그이가 하는 일이 자유로워 보이고 본받고 싶다면, 또 자신이 자유로운 모습만을 꿈꾸고 어떤 일을 시작한다면, 태어난 지 얼마 되지 않은 독수리가 높은 절벽에서 떨어지는 과정을 반복하고 또 반복하며 날 수 있을 때까지 해온 수많은 과정을 고려해보지 않은 것이 아니한가?

누군가의 꿈이 의사와 같은 명사일 때, 막상 자신의 꿈을 이루고 나서 '내가 상상했던 모습은 이런 모습이 아니었는데, 나는 이 일과 맞지 않는 것 같다.'라고 하며 그는 '이럴 줄 알고 시작했는데, 저럴 줄 알고 시작했는데 현실은 멀게만 느껴진다.'라는 말이 아니라 어쩌면 현실에 가장 가깝게 느껴야 하는 것이 아니한가? 그는 지금 그 일을 시작함에 있어, 갓 태어난 독수리에 불과하다. 그가 느끼는 좌절은 처음 떨어진 경험에 불과하고, 그 경험이라는 씨앗이 실패라는 이름으로 저물어 누군가 꽃 피울 그 자리의 거름이 될 것인가, 시행착오라는 이름의 그의 꽃을 피울 새로운 이파리를 피울 수 있을지는 그에게 달린 선택이지 아니한가. 그이가 일을 시작하고 자신이 생각했던 미래

119

가 너무 멀게만 느껴질 때 나는 방금과 같은 말을 해주고 싶다. 저기 저 멀리 하늘, 자유롭게 날아다니는 새를 보며 15살에 나는 말했다.

'자유로워 보인다. 나도 날아보고 싶다.'

그리고 19살에 나는 답했다.

'저 새가 자유롭게 날기까지의 과정을 너는 떠올려 본 적이 있느냐'고.'

이 글이 프로노스가 글쓰기 대회에 제출한 글이다. 소피의 말과 그의 경험을 통해 프로노스는 자신이 꿈꾸던 모습인 이상과 현실의 차이를 적었다.

"후회"

- 백톰 리드 -

내 안에는 나무가 있다.

오늘도 꽃 한 송이를 피웠다가 지기를 반복한다.

후회라는 감정에 어제의 나를 담아
씨앗을 심어 본다.
나는 영양분을 준 적도 없는데

봄이 왔음을 알리는 거리의 꽃들처럼
이곳저곳에서 형형색색의 모습으로 새싹을 돋는구나.

복잡한 감정에 오늘의 나를 담아
줄기를 뻗어본다.
나는 한 송이만 피우려고 했는데
여러 줄기를 뻗은 것을 보니
벌써 가지치기를 해야겠구나.

두려움과 희망에 내일을 담아
꽃 한 송이를 피어 본다.
나는 하나의 꽃이라도
아름다운 모습으로 개화하기를 바랐는데,
여러 군데, 많은 모습으로 피었음에도
내가 바라던, 빨갛고 노란 너의 모습은 보이지 않는구나.

연하게 핀 너를 어찌 받아들이고.
내가 원하던 색이 아닌 모습으로 나타난 너를
나는 어찌 받아들여야 할까.
무엇이 너의 모습을 그렇게 만들었느냐?
내 안에는 나무가 있다.

오늘도 꽃 한 송이 피웠다가 지기를 반복한다.

비가 오지 않는 날씨를 탓해본다.

메마른 땅을 탓해본다.

내가 심은 씨앗이 무엇인지 의심해 본 적 없다.

백톰은 가끔씩 뜬금없는 소리를 하곤 한다.

여명에서 토론을 하고 있을 때 누군가 "무엇이 ~하여 후회가 되고, 어찌해야 할지 모르겠다."라고 할 때면,

"씨앗 심지마. 그러다가 나중에 뿌리도 뽑기 힘들 만큼 큰 나무가 되어있을 거야. 네가 나와 같은 밤을 지낸다면 말이야.

난 후회로 인해 피어나는 꽃들의 모습은 아름답지 않다고 생각한다. 튤립을 심었는데, 장미가 피어오르진 않잖아? 근데 그 튤립을 어떻게 바라볼지는 내가 정할 수 있긴 하더라. 그 튤립의 아름다운 모습을 찾을 때 이성적인 모습으로. 내가 심었다고 생각하지 않고 정을 주지 않는다면, 그때 진짜 튤립의 모습이 보일 수 있다고 생각해."

말의 끝을 추상적으로만 끌어안고 있던 여명의 멤버들도 이 글을 읽고서야 그가 하고 싶은 말이 무엇인지 알 수 있는 대목이었다.

"희망"

－ 프로메레이아 클라크 －

"더이상 내일로 나아가기 힘들 때, 나아갈 수 없을 때. 집 근처에 장례식장에 가보아라. 누군가에게 꼭 보고 싶던 내일의 태양이 네가 맞이하고 싶지 않은 태양과 같다."

누군가 내게 해주었던 말이다. 맞는 말이겠지만 의구심이 든다. 나에게 있어 희망을 어디에서 비롯되며 다른 이에게 '희망'이라고 정의할 수 있는 물건이나 추상적 개념을 내가 얻음으로써, 나는 '희망을 보았다'라고 할 수 있는가? 내게 있어 '희망'은 무엇인가? 다른 이의 희망을 내가 보았을 때?, 쟁취하였을 때? 내가 그의 희망을 대신 보았다고 하여 위안을 얻는 것은 참으로 이기적인 행동이 아닌가? 저기 저 죽어있는 이의 희망은 '자신이 내일 뜨는 해를 직접 맞이하는 것'이지 단순히 내가 내일 뜨는 해를 보았다고 힘을 얻는 행위에 타당성을 묻고 싶다. 정상 비정상의 여부는 묻기 힘들겠지만, 적어도 나는 아니라고 생각한다. 그렇다면 희망은 무엇일까? 내가 하고 싶은 일을 하고 잘 먹고, 잘 살기? 너무 추상적이지 아니한가? 나는 무엇을 바라보고 살아가며 내일 '당연히' 뜨는 해를 맞이할 것인가?

'희망'은 내가 정하는 것이지. 다른 사람의 것을 얻는다고 하여 부여받는 것이 아니다. 그렇다면 나의 '희망'을 담은 배는 어디로 출항해야 하는가? 담고 항해를 시작해야 하는 것일까?

에드윈과 팀페로는 글을 적어서 내지 않았다. 그들 또한 지금까지 적은 수많은 글이 있었지만, 완성도가 떨어진다는 것과 자신의 글이 누군가에게 평가당하고 순위를 매기는 것에 석연찮음을 느꼈기 때문이다.

사이먼은 복도에 전시된 글을 꼬박 하루가 다 갈 동안 읽어보았다. 글이 많지는 않았지만, 글 하나하나를 곱씹어보며 자신이 했던 생각과 비교해 보며, 읽었기에 남들보다 배의 시간이 흘렀다.

그리고 시간은 흘러 글쓰기 대회 결과 발표 당일이 되었다.
그들은 아무도 수상결과가 궁금하지 않았다. 자신들이 쓴 글이 복도에 걸리고, 그 글을 유심히 보던 사이먼의 뒷모습 그가 어떤 생각을 하며 글을 보았는지 하나하나 담던 눈에 어떤 모습으로 그들의 모습이 담겼을지가 궁금하였다. 결과가 어찌 되었다는 말들을 애써 무시한 채 그들은 학교가 끝난 후에 어김없이 여명으로 향하였다.

11

"새벽을 걷어내는"

제11장 "새벽을 걷어내는"

...

"에드윈. 저번에 사이먼이 오늘 여명에 와 볼지 말지 결정한다고 했지? 혹시 아까 만나서 얘기해보았어? 위치는 제대로 알려준 것 맞지?"

프로노스가 기대에 찬 말투로 에드윈에게 물었다.
"구태여 묻진 않았어. 괜히 사이먼의 생각이 바뀔 수도 있다는 생각이 들어서 말이야."

"알겠어. 그럼 조금만 기다려보자."

시계 시침이 4번이 돌아갈 동안 사이먼의 모습은 보이지 않았다. 여명의 멤버들은 시침이 12시의 방향을 넘어갈 때마다, 점점 초조해져 갔지만, 진심을 담은 글이니 기다리면 올 것이라는 생각으로 기다리던 중이었다.

"저벅… 저벅… 똑. 똑. 똑"

드디어 누군가 밖에서 문을 두들기는 소리에 프로메테이아가 뛰어가 문을 활짝 열었다.

"뭐야! 네가 여긴 어쩐일로 왔어?"

문을 두들기고 밖에서 기다린 사람은 사이먼이 아닌 해럴드였다. 양손 가득 두루마리 종이를 가지고 가쁜 숨을 고르고 있는 그를 일단은 안으로 들였다.

"여긴 무슨 일로 왔어? 양손 가득 들고 있는 그 두루마리 종이는 또 뭐고.. 어떻게 알고 찾아온 거야?"

해럴드는 프로노스가 내온 차를 마시며 숨을 정리하곤 자신이 가져온 두루마리 종이들을 하나씩 펼치기 시작했다.
종이에 담겨진 것은 여명의 멤버들이 쓴 글이었다.

"이걸 챙겨오느라 늦었다. 대회가 끝나서 다 버려야 한다는 학교에 절대 안 된다고 내가 가져가겠다고 말하고, 또 가져간다면 글을 쓴 본인이 가져가야 한다기에 너희를 만나러 가는 길이라고 겨우 설득을 했다. 이건 너희의 역사잖아. 난 함부로 버리는 것을 난 용납할 수가 없었어. 나도 벽에 걸린 너희의 글을 읽어보았다. 프로노스 특히 너의 글이 나는 감명 깊더라. 난 네가 과거에 어떤 삶을 살았는지 안다. 거리에서 몇 번 만났었잖아. 그렇기에 더욱 대비되는 너의 결과에 놀라지 않을 수 없더라. 그리고 백톰 네가 대상이라더라 다음 주에 시상식이 있대. 학교 측에서도 네가 없어져서 한참 찾느라 고생이었다고 하더라. 간간이 프로메테이아에게 너희의 얘기를 들었지만, 관심은 없었어. 내가 스스로에게 일을 부여하고, 앞으로 나가는 과정이 발전이라고 생각하지만 너희는 하나의 대의를 위해 서로의 생각을 공유하니 '나와는 결이 다르다.'라고 생각하여 프로메테이아에게 들어가고 싶다는 얘기를 꺼내지 않았지. 들어가고 싶다는 생각이 없었던 것이 사실이었으니까. 그런데 너의 글. 너희 모두의 글을 읽고는 생각이 바뀌었다. 이곳에 들어오지 않는 것은 나의 발전을 방치하는 것과 같다는 생각이 들더라. 그래서 사이먼에게 이곳의 위치를 묻고 나는 오늘 너희에게, 부탁하러 왔어. 나도 너희와 함께하며 너희가 아니, 우리가 원하는 것들을 이루어보자. 부탁한다. 나와도 함께 걷자."

프로노스는 고마운 마음도 컸지만, 정말 많이 당황했다. 프로노스에게 해럴드는, 기피하는 대상이었기 때문이었다. 그건 프로노스가 해럴드가 있는 무리를 싫어했기 때문인데, 거리에서 악행이란 악행은 다 하는 그들이 못마땅했기 때문이었다. 하지만 또 한 편으로는 해럴드와 자세히 대화를 한 적도 없으니 한 번은 대화를 나누어 보는 것도 나쁘지 않다고 생각을 했다. 기다리는 사이먼이 오지 않았으니. 그가 오기 전까지는 그의 말을 경청해보기로 했다.

"그래 해럴드. 나 또한 너를 알지. 모두가 동의한다면 너와의 동행도 문제가 없겠지만 내 안에 있는 조금의 의구심이 무엇인지는 네가 너를 돌아보았다면, 나의 글을 읽고 그동안 멈춰있었다는 생각이 들었던 너라면 잘 알고 있겠지. 우리를 보고 너는 무엇을 느꼈어?"

해럴드는 품속에서 수첩처럼 작은 노트 한 권을 꺼내며 그들에게 보여주었다.

"20xx.11.xx"
나를 탓해본다. 지금까지의 내가 얼마나 어리석은 나날을 보냈는지를 가늠해본다. 잡히지 않는다. 백톰의 글처럼 나는 이미 뿌리 뽑기 힘든 나무를 많이도 키웠구나. 후회하는 짧은 시간 동안. 프로노스와 나를 비교해 본다. 이미 그는 멀게만 느껴진다. 어제의 나는 무얼 했으며, 내일의 그들은 또 어떻게 발전할까. 그들이 궁금하다. 일단 나는 더이상 머물러 있을 수 없다. 그들을 따라 해본다. 먼저 통제력부터 키워보자. 내일부터 말고 오늘부터 열심히 살아보자. 단순히 '열심'이라는 키워드에 거짓된 삶 말고, 내일의 나를 비추는 삶. 프로메테이아가 지금까지 읽었던 책들부터 한 권씩 읽어보자, 그들처럼 느낀 점을 써보자.

그들의 책들을 오늘 일부분 읽어보았다.

여러 번 읽으면 읽을수록 이 책이 내게 전하는 말과 깊이가 달라진다. 먼저 난 그동안 표면만 보며 모든 것들을 판단했던 것은 아닌가 하는 생각이 든다. 또 이 책을 읽으며, 인간은 외부 환경에 노출되며 환경에 적응하며 살아가고 이는 모든 동식물이 그러한 우주의 섭리 하는 생각을 해보았다. 하지만 어떤 이는 다른 동물들과는 달리 적응 해야하는 환경이 열악하다면, 항의하는 반면, 어떤 이는 묵묵히 살아간다. 묵묵히 살아가는 이는 조용히 자신이 부여받은 일을 하니까 잘하고 있다고 할 수 있는 것이며 항의를 하는 이는 자신의 주장을 확고하게 밝히는 이라고 할 수 있는가? 묵묵히 자신의 입장을 내세우지 못한 이는 점점 색을 잃어버리고 몸은 다시 만물의 근원으로 흩어진다. 이 사람이 과연 '이렇게 살다가 죽어야지.' 하는 마음으로 살다가 간 것일까? 이 책이 전하는 핵심내용은 방금과 같다. 자신의 움직임에도 확신이 없고 외부에서 오는 쾌락 또는 고통을 받아들인다면 점점 외부의 색과 섞이게 되어 본래의 색을 잃는다고. 내면에 있어 나는 무엇이 옳고, 아닌지를 판단할 줄 알아야 한다. 선행을 평생 해오던 사람도 영생을 꿈꾸던 진시황도 결국 영생을 사는 사람은 없다. 현대에는 평생 악행을 저지르던 사람도 같은 권리를 누리다가 가는 경우도 많다. 우주에서는 선도, 악도 없다. 하나의 생명체일 뿐. 다른 이들에게 의미부여를 할 때 고통은 나에게로 전달된다. 어떠한 바람이 불건 그 속에서 균형을 잃지 않는 자가 진정한 쾌락이 무엇인지 깨달을 수 있을지도 모른다. 태어나서 많은 경험을 하고 다시 돌아가는 것은 우주의 섭리이지만, 선과 악은 우리들의 규칙일 뿐. 우주의 섭리와 동등하지 못하다. 우주를 관리하는 신이 있다면 그들의 선과 악을 구별할 수 있을까? 그저 이것 저것 원소로 조합해 보며 결과를 지켜보는 것이지 않을까?

노트를 읽어본 이들은 이 노트에서 해럴드가 하고 싶은 말이 결국 무엇인지 요점을 찾지 못했다. 다른 글들도 마찬가지였다. 책을 읽고 무언가 많이 쓰여 있긴 요점을 파악하지 못하였다. 하지만 프로노스는 이 글을 읽고, 그와의 동행은 그들의 불을 더 밝게 만들 수 있다는 것을 느꼈는데, 그의 노트에는 수많은 질문으로 가득했기 때문이었다. 자신과 같은 과정. 자신과 외부, 내부에 대한 끝없는 질문으로 가득한 글들을 보며 초반 여명을 만들었을 때 글들과 비슷하다고 여겼기 때문이었다. 글들을 보며 그가 생각을 많이 거쳤음을 깨닫고, 프로노스는 그를 다시 바라보기로 하였다.

"난 결정했다. 해럴드는 우리와 함께 동행한다, 반대 의견 있는 사람?"

　프로메테이아가 말을 이었다.
"나는 해럴드와 오랜 시간 친구였다. 그렇기에 해럴드 너를 잘 알고 있지. 내가 관찰한 내 안에 네가 있기에 나는 걱정되는 부분이 있다. 너의 행동에 감속재는 귀찮음이다. 공익을 위해서 하는 행동, 미래에 사고를 예방하는 행동이더라도 지금까지 피해를 주지 않았고, 당장에 해야 할 것이 많기에 관심을 쏟지 않지. 예컨대 넌 이번 겨울 많은 눈이 와서 여명의 앞에 눈이 쌓인다고 하여 치워야 할 것 같다는 의견이 나온다면 '그냥 조심히 걸어서 찾아오자'라고 말하겠지. 남들은 그런 너를 보고 이기적이라고 말한다. 너는 어떤 이를 오랫동안 기다려 본 적도 없었고 '그에 대하여 생각도 크지 않을 것.'이라고 생각한다. 하지만 우리는 다르다. 우리는 항상 먼저 나서며 사고를 예방하는 차선의 선택을 할 것이며, 모두 동의할 때까지 토론을 이어나갈 것이지. 모두 하는 데에 초점을 맞추며 우리의 발전을 이끌 것이다. 이것을 네가 지켜준다면 나 또한 동의한다. 너를 잘 알기에 낼 수 있는 의견이다. 해럴드 말고 너희도 잘 들었으면 좋겠다."

"말해주어 고맙다. 내가 보지 못한 것들을 네가 보여주는구나. 난 이곳의 큰 장점은 이런 것이라고 생각한다. 네 말을 들으며 하나도 화가 나지 않았다. 무한한 감사함을 느낄 뿐."

프로메테이아는 프로노스를 보며 고개를 끄덕였다. 그를 잘 알기에 나올 수 있는 의견을 들으며 프로노스 또한 프로메테이아에게 감사함을 표시했다. 그리고 해럴드 또한 이날 여명의 멤버가 되었다.

해럴드와의 이야기가 끝이 날 무렵. 누군가 다시 문을 두들겼다.

"저벅…… 저벅…… 똑… 똑… 똑……"

사이먼임에 틀림이 없었다. 프로노스는 버선발로 뛰어나가 그를 맞이했다.

"사이먼!!! 에드윈에게 네가 오늘 올 수도 있다는 이야기를 듣고 기다리고 있었다. 찾아와주어 정말 고마워 너와 하고 싶은 이야기가 산더미처럼 쌓여있다."

"나 또한 마찬가지야. 생각지도 못한 곳에서 너와 나를 찾았다."

프로노스는 이 말의 뜻을 이해하지 못하였다. 그가 고개를 갸웃거리며 어리둥절할 때 사이먼은 비어있는 의자에 다가가 앉아 모두의 얼굴을 한 번씩 바라보았다. 프로노스 또한 의자에 앉고 이로써 여명에는 프로노스가 계획했던 7개의 의자가 가득 찼다. 사이먼이 해럴드를 보며 먼저 말을 꺼냈다.

"네가 여명의 멤버인줄은 몰랐네, 언제부터였어? 여명 멤버인데 내게 길은 왜 물어본거지...?"
"오늘 처음 들어왔어. 그리고 방금 너의 이야기는 친구들에게 다 들었지. 나 또한 너의 이야기가 궁금하다."

"그래. 천천히 너희가 궁금한 것을 하나씩 모두 말해줄게. 사이먼 나의 이야기를 어디까지 전했지?"

"거의 아무것도 전하지 않았어. 우리는 서로를 보고 올 수 있게끔 서로의 정보를 서로에게 전하지 않았지. 우리가 너에게 여명에 들어오라고, 이곳은 어떤 곳이라고 구태여 말하지 않고 네가 스스로 찾아왔듯이."

"그렇다면 지금까지 내게 있었던 일들을 말해줄게. 그리고 너희를 보며 내가 이곳에 찾아온 이유도 말이야."

사이먼은 에드윈이 집에 찾아온 날 그에게 말했던 것들을 하나하나 말하기 시작했다. 그의 이야기를 들었을 때 모두가 놀랐다. 그의 과거를 알기에. 또한, 글쓰기 대회 결과가 있던 오늘까지 사이먼은 학교에 늦게 오거나, 학교에서 그의 눈빛이 흔들리는 것을 보지 못하였다.

"나의 과거 이야기는 끝이 났으니, 내가 이곳에 온 이유를 말할게. 너희가 글쓰기 대회에 낸 작품 모두를 읽어보았어. 너희의 깊음을 내가 감히 들여다볼 수 없더라. 하나하나 너무 감명 깊은 글이었다. 백톰이 대상을 받는다는 소식을 접했는데, 아무도 반기를 들 수 없는 글이었다고 확신한다. 너의 글 속에서 나의 과거를 볼 수 있었다. 나 또한 마찬가지. 그래서 나도 오늘의 해럴드처럼 여명에 들어오고 싶다. 너희와 함께하며 내가 생각지도 못했던 것들을 보고 싶다. 너희가 나를 항상 예의주시하고 있음을 느꼈는데, 그 또한 내게서 너희를 볼 수 있었기 때문이라고 생각한다. 그래서 우리는 서로를 비추는 거울이 되어줄 수 있는 사람들이라고 느꼈다. 내가 이곳에 찾아온 것은 어쩌면 결이 같은 사람들을 만나기 위한 운명의 길이었다고 생각도 하고. 사이먼과 같이 하교를 할 때면, 그가 너희의 얘기를 해주었다. 정확히 너희 한 명 한 명을 짚어 말하지는 않았지만, 내가 복학을 하는 동안 자신이 무엇을 이루었는지를 말해주었지.
프로노스. 네가 리더인 것을 알고 있다. 나와의 동행은 어떠한지 네게 묻고 싶다."

"반대 의견은 없다. 확신할 수 있다. 우리는 사실 네가 학교에 오기 전까지 '나태'라는 감정에서 헤어나오지 못하고 있었다. 그리고 학교에서 본 너를 보며 네가 우리를 구원해 줄 존재라는 것에 확신을 가졌다. 너를 하나의 열쇠로 한 가지의 조언을 구하여 우리는 나태의 문을 열고 나아갈 수 있었겠지만 에드윈이 반대하더라. 너는 열쇠가 아니라 우리와 같이 앞으로 우리가 열어야 할 문들을 함께 열 사람임에 의심하지 말라고. 그래서 우리는 네가 말한 것처럼 너를 지켜보았는데, 전과는 다른 너를 보며 네가 어떠한 의지를 담고 사는지 알 수 있었지. 지금부터는 우리의 나태했던 과거를 말해줄게. 너는 그에 대한 열쇠를 쥐고 있다. 일단 이 문을 함께 열고 다음을 함께하자."

사이먼은 그들의 이야기를 듣고 자신이 거쳤던 과거의 일들과 비추어 하나하나 해야 할 일들을 제시해 주었다.

시침과 분침이 시계의 맨 위에서 서로를 만날 때, 그들의 이야기는 끝이 났다. 그리고 여명에는 프로노스가 계획한 모두가 모였다.

지금까지의 이야기는 서론, 이제야 본론이다.

내 옷장에는 거울이 여러 개 있다. 여러 각도에서 나를 볼 수 있도록. 같은 나인데, 같은 옷을 입고 보는 나인데도 다른 각도에서 거울에 비추는 나를 첫 번째 거울, 두 번째 거울에 비춰 본다. 하나만 있어도 충분히 나를 볼 수 있겠지. 하지만 여러 각도에서 보는 나는 내가 맞음에도 다르게 보인다. 오른쪽에 배치된 거울에는 나의 오른쪽 모습이 보이고, 왼쪽에 배치된 거울에는 왼쪽 나의 모습이 더 자세히 보인다. 거울을 볼 때 내가 자세히 볼 수 없던 얼굴을 볼 수 있다. 내 얼굴에 상처가 있어도, 다른 이가 먼저 그 사실을 알려주곤 한다. 여명은 이와 같다. 여러 각도에서 한 가지를 바라보고 이에 대한 생각을 공유하는 것. 그것이 프로노스가 생각하는 여명의 장점이다.

12

"죽음은 무엇인가?"

제12장 "죽음은 무엇인가?"
...

사이먼과 해럴드가 들어오고 일주일간은 서로를 알아가는 시간을 가졌다. 프로노스가 처음 여명을 만들고 나서부터 지금까지 어떤 일들이 있었고, 그들은 어떤 삶을 살아왔는지에 대한 이야기를 길게 나누었다. 서로를 잘 알아야 더 잘 관찰할 수 있을 것 같다는 안건에서 비롯된 이야기였다. 그렇게 정확히 일주일이 지난 시점 그들은 이제 실없는 농담도 던지며 서로 웃는 친구사이가 되었다. 이날도 여느 날과 같이 서로 농담을 주고 받으며 여명에 하나 둘 모였다. 오후 1시가 되었을 무렵 여명에 모두가 모였고 가장 늦게 도착한 것은 의외로 프로노스였다. 항상 일찍 오던 사람이였는데 이날 유독 늦게 온 것에 다들 의아했지만 더욱 이상한 점은 따로 있었다. 평소 프로노스는 가방에 자신이 공부중인 책과 노트를 전부 가지고 다녔는데, 이날은 가방은커녕 노트도 없었고 손에는 그저 어디선가 찢은 노트 몇 장만이 있었다.

"프로노스 왜 이제야 왔어, 다들 기다리고 있었어! 오늘인 것 같아. 모두 모이고 우리가 처음 여명을 정식으로 시작하는 날 우리는 오늘 무엇을 하지?"

사이먼이 기대에 찬 목소리로 프로노스에게 물었다. 프로노스는 모두가 앉아있는 둥근 원형의 책상에 의자를 빼고 그곳에 앉아 그들의 얼굴을 한 명씩 바라보았다. 그리고 한 명 한 명 모두에게 한 마디씩 물었다.

"너에게 죽음이란 무엇이냐?"

단번에 답을 하는 이는 아무도 없었다. 처음에는 무슨 소리냐며 웃어넘기려 했지만, 프로노스는 웃으며 돌아오는 대답에 눈을 부릅뜬 채 다시 물었다.

"너에게 죽음이란 무엇이냐?"

"글세… 삶의 끝…?"

"무로 돌아가는 것?"

140

프로노스는 종이를 모두에게 나누어 주며 말을 이었다.

"오늘 할 일은, 이곳에 유서를 쓴다. 이유는 그 이후에 말해주겠다. 단, 조건이 있다. 이 유서를 다 쓸 때 삶을 마감한다는 것을 전재하고 글을 써라. 죽음의 이유는 자살이다. 이를 유의하여 쓰길 바란다."

'죽음이란 무엇인가?'에 대한 답변도 내지 못했는데 유서를 쓰라니 터무니없는 말임이 분명했지만, 그 어느 때보다 진지한 프로노스의 눈을 보며 일단 그들은 미심쩍은 마음이었지만 일단 그의 말을 듣고 유서를 써보기로 하였다.

10분 20분 시간이 지날수록 분위기는 무거워져만 갔다.

'나는 오늘 생을 마감한다, 19년 짧다면 짧고 길다면 긴 삶이었다. 먼저 부모님보다 세상을 먼저 떠나는 나의 용서를 받을 수 있을까. 자식을 잃었을 때의 그 슬픔을 나타내는 단어는 정의되지 않는다. 그럼에도 나는 이 세상을 먼저 떠나도 괜찮을까? 내게 소중했던 이들에게, 나를 소중하게 여겼던 이들에게 감사함과 미안함을 전합니다. 난 살며 부끄러움이라는 단어 뒤에 숨겨진 내 진심을 전하지 못한 날이 전했던 날들보다 많았습니다. 내가 없는 세상이 와서야 내 진심을 전할 수 있는 편지만 남기고 감에 용서를 바라는 것에 나는 참 못된 사람인 것을 느낍니다. 먼저 부모님. 나는 당신들의 분신입니다. 거울을 보면 당신이 보이는데, 나는 어떻게 영원한 안녕을 고이 접어 내가 나온 당신의 마음에 다시 전할 수 있을까요. 참 이기적이라는 것을 알면서도 나는 당신들이 내려준 동아줄을 놓습니다. 나를 기억하면 좋은 기억만 남길 바라는 것도, 정말 이기적일 것을 알면서도 바랍니다. 그리고 친구들에게, 너희가 있어서 정말 많이 성장할 수 있었다. 처음 나를 공부해 보았고, 삶의 이유를 찾아보았다. 너희에게는 전부를 받았다. 정말 고맙다.

다음에 만날 때는 고맙다는 말을 아끼지 않겠습니다. 나도 나의 삶이 오늘까지였다는 것을 알았다면, 어제 한 번 더 안아줄 걸 그랬습니다."

누구의 글인지는 별로 중요하지 않았다. 다들 비슷한 내용이었다. 글을 써가며 한 명씩 눈물을 흘리기 시작했다. 유서를 쓰니. 오늘이 마지막임을 깨달으니 비로소 보이는 고맙다고, 사랑한다고 얘기하지 못했던 어제의 날들이 보였다. 2시간이 지났을 때 모두 글을 다 썼다. 마지막으로 사이먼까지 글을 다 썼을 때 눈시울이 붉어지지 않은 사람은 없었다. 창밖을 보면 평소에 보이지 않던 것들이 보이고 평소에는 고맙다고 여겨보지 않았던 것들이, 하염없이 고맙게만 느껴질 뿐이었다.

"자 이제 이 유서들을 한 곳에 모으자."

침묵을 깬 것은 프로노스의 한 마디였다. 일단 그들은 하나, 둘 유서를 책상 중간으로 모으기 시작했다. 프로노스는 모인 유서들과 주머니 속에서 자신의 유서를 꺼내어 두 손으로 가지런히 정리하며 말했다.

"너희도 알겠지만, 우리는 오늘 죽지 않아. 이제 시작이지. 너희가 눈물을 흘리는 이유도 난 알 수 있어. 난 어젯밤에 쓰고 나왔거든. 예컨대 창밖을 보면 평소에는 신경도 안 쓰던 구름에 아름다움을 느끼고 저기 낙엽을 쓸고 있는 앞집에 사는 아저씨가 부러워 보였겠지. 그는 내일의 태양을 볼 것이라고, 생각했을 테니 말이야.

내가 유서를 쓰자고 했던 이유는 너희들이 느낀 전부야. 너희는 잊고 있던 자신의 소중한 것들을 이곳에 적었다. 그리고 이룰 것이라고 했지만, 이루지 못했던 것들에 대한 아쉬움도 적혀있을 테지. 너희는 오늘 죽음을 경험했다. 그리고 다시 태어나 하나의 목숨을 더 얻었다. 짧은 시간이었지만, 그 짧은 시간 동안 적은 것들은 지금까지 살면서 느낀 것 중에 가장 의미 있는 것이 아니었을까 싶다. 난 오늘 어떤 것을 할지 고민했다. 고민의 끝은 앞으로 삶에서 너희가 이루고 싶은 것과 소중했던 것들을 돌아보는 시간을 보내기 위해서 이러한 활동을 계획했다. 이 유서들은 각자의 책상에 넣어두겠다. 그리고 앞으로 우리가 여명 활동을 하면서 절대 잊으면 안 된다. 너희에게 소중한 것은 무엇인지 너희는 무엇을 이루고 싶었는지를. 너희는 방금 확실하게 깨달았을 것이니. 아까는 너무 강압적으로 말해 미안했다. 그래도 난 확실하게 깨달을 수 있는 시작의 발판을 잘 만들었다는 생각이 든다. 너희 모두의 유서를 자세히 들여보지는 않았지만 모두 빽빽이 적혀 있는 것을 보았을 때 확신했거든.

또, 너희가 느꼈으면 하는 것들이 있다. 죽음에는 의미가 크게 중요하지 않다. 한 번 죽는 이유는 정해져 있고, 그 의미가 시간이 지난다고 하여, 변하지 않는다. 하지만 삶은 다르다. 의미가 중요하지. 한 번 정해도 내가 잊고 기록하지 않는다면 그 이유는 아무리 좋았다고 한들 변색 된다. 너희는 '어떻게 살아갈 것인가?' 또는 '어떻게 죽어가고 있느냐?' 우리는 모두 죽어가고 있다. 오늘 죽음을 경험했듯, 우리는 언제 죽을지 모른다. 그리고 내가 좋아하는 말이 있다. '약한 자는 죽는 방법도 선택할 수 없다.' 죽을 방법을 선택하겠느냐 또는 맞이할래? 우리는 앞으로 '어떻게 죽어갈 것인가'에 대한 생각을 이어가야 한다."

이것으로, 첫날 모두의 사기를 올리기에는 충분하였다. 처음 경험한 사이먼과 해럴드 또한 여명에 들어온 것을 후회하지 않을 수 있는 활동이었다. 이렇게 7명이 모인 여명에 첫 번째 전구가 켜졌다. 전구는 언제든 꺼질 수 있다. 필라멘트가 끊어지기 전에 잘 관리를 해야 한다. 이날 프로노스가 전했던 말과 같은 맥락이다.

삶의 끝. 그곳에 무엇이 있을지, 나의 삶의 끝은 어디일지, 어떻게
될지. 한 번이라도 생각해보지 않은 사람이 있을까? 삶의 끝에 도달
하면 지금까지의 일들이 주마등처럼 스쳐 지나가며 지금까지의 일
들을 돌아볼 수 있다던데 그때 가면 정말 너무 늦는 것이 아닐까?
내게 소중한 사람 내가 이루고 싶은 것들을 잊지 않기를 바란다면
프로노스가 한 대로 한 번 자신에게 물어보는 것이 어떨까? '내게
죽음이란?' 자신 스스로 정의를 내리고 있는 사람이 얼마나 많을까?
프로노스는 이런 식으로 자신이 생각할 때 추상어인 단어들에 정의
를 내리는 것을 좋아했다. 세상에는 많은 추상어가 있다. 세상에 인
구가 80억이 있다면, 80억 개의 '사랑'이 존재하듯. 자신의 기준에
서 정의하는 자신의 단어를 만듦으로써 '내면세계가 더 단단해질
것.'이라고 생각했다. 더욱 큰 확신을 줄, 자신이 되는 그런 삶을 바
랐다. 그러한 생각에서 비롯된 첫 번째 행동이 이날 프로노스가 행
했던 행동과 같다.

13

"이카루스는 날아가던 중
자신이 밀랍으로 만든 날개가 녹아,
떨어졌다"

제13장 "이카루스는 날아가던 중
자신이 밀랍으로 만든 날개가 녹아, 떨어졌다"

...

"나는 왼손이 필요 없다고 생각했다.

그건 내가 오른손잡이이고, 오른손으로 내가 하는 행동 대부분이 해결되기 때문이다. 하지만 오른손으로 주된 일을 하기에 어떤 일을 오른손으로 하고 있을 때, 내가 나아갈 다음 길에 낙엽을 치우기 위해서는 왼손으로 빗자루질을 해야 할 때가 있더라.

나는 너희와 함께하며, 스스로 채워지는 느낌 또한 들었지만, 여백이었던 노트를 내 손으로 채우고 너희와 함께 매일의 동행을 하면서 시각적으로 보이는 것 또한 있다. 하지만 그럴 때마다 프로노스가 항시 말하는 '오만'이라는 감정과 사투를 해야 하지. 그럼에도 난 '이만했으면 충분하지'하는 생각들이 피어오르더라. 그래서 나의 행동에 내가 계속하여 브레이크를 걸지만, 또 새로운 것을 많이 배운 만큼 하고 싶은 것은 많아지고 할 수 있을 것 같은 것도 많아지지.

너희도 이건 공감하는 부분이겠지. 사이먼을 제외한다면 나보다 배의 시간을 이곳에 할애하였으니까.

그래서 내가 하고 싶은 말을 앞에 한 말들에 엮어 말해주겠다. 내가 하고 말하고 싶은 주제는 '인지'에 관한 것이다. 그리스신화를 읽어본 적이 있나? 이 신화에는 '이카루스'라는 인물이 등장한다. 이카루스는 다이달로스라는 인물의 아들이다. 모종의 이유로 다이달라소와 이카루스는 미궁에 빠지게 되는데, 다이달로스는 미궁의 작은 창으로 날아 들어오는 새의 깃털을 날마다 모아 새의 깃털과 밀랍으로 아주 거대한 날개를 만들어 붙이고 이카루스와 함께 하늘로 날아 탈출하였다. 이때 다이달로스는 태양열에 날개가 녹지 않도록 너무 높이 올라가지 말고 바닷물에 젖지 않도록, 바다 가까이 내려가지 말라고 경고했는데, 이카루스는 새처럼 나는 것이 너무 신기했던 나머지 부친의 당부도 무시하고 너무 드높이 날아오르는 욕심을 내는 바람에 결국 밀랍이 다 녹아 망가졌고 이로 인해 추락하여 바다에 떨어져서 죽었다.

'태양과 너무 가깝게 나는 것.', 이를테면 과도한 자신감을 가지고 있거나, 자신을 위험에 빠지게 하는 것에 대한 경고. 이것이 이 이야기가 우리에게 주는 교훈이라고 생각한다. 난 나에 대한 자신감도 중요하지만. 과한 자존심이 불러오는 마키아벨리즘도 위험하다고 생각한다. 무엇이든 할 수 있을 듯한 자신감이 너무 높아진다면, 자만심에 빠져 자신의 행동에 자신이 제약을 걸고. 자신감이 너무 낮다면 '그 무엇도 시도 해보지 못하고 마감하는 삶이 될 것'이라고 생각한다, 우리는 다이달로스가 말했듯이 그 중간에서 날아야 한다고 생각한다. 내가 처음 '손'에 관한 이야기를 한 것은 너무 오만하지 말자는 것. 나를 '인지'했다고 여기는 '나' 또 한 번은 더 의심해보아야 한다. 나를 제3자로 보고 의심에 의심을 반복하며 날아가는 것. 그러한 과정이 있어야 때론 위험을 감수하고 태양에 가깝게도 날아보는 여정을 할 수도, 습기를 머금을 위험을 감수하고 바다와 가깝게 날 수도 있는 여정을 할 수 있다고 생각해."

"날아가는 도중 조금 더 태양을 향해,
날아가는 도중 조금 더 바다를 향해 나아가는 너에게,
다른 사람이 '왜 굳이 저렇게까지 하지 않아도 되는 무모한 도전을 하냐'고 묻는다면 너는 어떻게 대답할래? 그리고 안정적으로 갈 수 있으면서도 높이 또는 낮게 날아가려는 목적은 뭔데?"

해럴드의 말에 팀페로가 물었다.
이 질문은 팀페로가 이렇게 생각해서 던지는 질문이 아닌, 이들의 규칙이다. 반대 의견이나 말하는 이와 질문하는 이가 말의 요점을 정확하게 파악하기 위해서 그들의 말을 흘려듣지 않기 위해 그들이 만든 토론 형식의 질문이었다.

"우리 7명이 여명에 들어오기 전, 공부를 뛰어나게 잘하거나 자신이 행하는 것 중 뛰어난 점이 있어서 주변의 관심을 얻을 수 있었던 사람? 또는 지금과 비슷한 발전을 위한 삶을 우리보다 훨씬 이전의 시점부터 이어온 사람?

아무도 답변하지 않는 이유는 그러했던 사람이 없었기 때문이지. 나 또한 다르지 않고.

하지만 우리가 여명을 함께 하고 학교에서 우리끼리 모여 이야기를 하는 모습을 보는 우리가 아닌 다른 사람들은 우리의 달라진 모습을 보고는 많은 이야기가 나오지 이렇다더라, 저렇다더라. 하는 소문들 내가 이곳에 오기 전에도 많았지만, 사람이 늘어나면 소문도 더 늘어나는 것 같다. '멋있다.'는 의견과 '저런 애들이 모여 하는 행동은 안 보아도 허공에 삽질하는 짓'이라고 하는 이들. 프로노스는 우리를 비난하는 이들에게 아무 말도 하지 말라고 한 이유는 예컨대, 다른 모든 이의 생각은 바꿀 수 없고 바꾸려해서도 안 된다고 생각하는 프로노스의 가치관 때문이겠지. 내 생각 또한 마찬가지야. 우리가 왜 이러한 행동을 하는지도 묻지 않는 이들의 맹목적인 비난은 기분을 나쁘게는 할 수 있겠지만, 우리는 그들에게 그러지 말라고 할 자격은 없지.

우리를 좋아하는 사람들에게 감사함을 표현할 수는 있지만
우리를 싫어하는 사람들에게 화를 낼 수는 없다.

그들도 그들 나름의 철학이 있을 것이고, 우리 또한 그들을 모르니. 그 사람 내면에서 우리와 부딪히는 생각을 우리 또한 물은 적이 없으니 말이야. 이런 이유 때문에, 프로노스도 맹목적으로 우리를 욕하는 사람들에게 아무 말도 하지 말라고 한 것이겠지. 그리고 높게 날 때와 낮게 날 때의 목적은 날아가는 도중 무언가 내게 도움이 된다고 생각할 때 잠시 도전을 하는 것이겠지. 우리에게는 사이먼이 복학을 하면서까지 자신과 대화를 하려고 했던 것과 비슷한 맥락이지 않을까 싶다.

또 질문이 남아있는 사람?"

프로노스는 해럴드가 말한 자신에 관한 추측에 얼떨떨하였다.
이날은 사이먼과 해럴드가 오고 3개월 정도의 시간이 흐른 뒤 '자유 주제'에 관한 생각을 말하는 날이었는데, 프로노스는 이 짧은 시간 동안, 공부뿐만이 아닌 이들의 특성 또한 파악하여 자신만의 이유로 엮어 추측한 바를 말한 것에 놀라울 따름이었다. 그가 프로노스에 대한 추측들 또한 이유까지 모두 맞았다. 프로노스는 해럴드의 말들과 보이지 않는 행동에 감동하였다. 그리고 그와의 동행에 자신이 내린 판단이 틀리지 않았음에 다행이라는 생각 또한 공존하였다.

"해럴드, 네가 나에 대해 추측한 부분부터 너의 목적까지 나는 정말 좋다고 생각한다. 나에 대한 추측도 네가 생각한 이유까지 다 맞는 말이니.

질문할 사람이 없다면 내가 이번에는 말을 이어가도 괜찮을까?"

14

"신이 되는 법"

제14장 "신이 되는 법"

...

"내가 오늘 너희들에게 얘기를 꺼낼 주제는 '신이 되는 법'이다. 종교가 없는 내가 왜 뜬금없이 '신'에 관한 이야기를 하는지는 너희도 의아할 것 같다. 내가 오늘 하고 싶은 이야기는 내가 하나님이 되거나 예수가 되고 싶다는 이야기가 아니야. 난 종교가 없기에 종교를 믿는 이들은 어떤 생각을 가지고 사는지, 왜 믿는 것인지도 궁금했지만, 정말 신이 존재한다면, 나의 죽음 이후에 그 신을 만났다면 나는 그에게 어떤 질문을 던질 것이며, 그는 내게 어떤 질문을 던질 것인가에 대해 고민을 해본 적이 있어. 우리가 지난번 다 같이 '죽음은 무엇인가?'에 대해 이야기를 한 날, 집에 가며 죽음 이후에 연장선이 있다면 내가 맞이할 그때의 세상은 어떤 세상일지에 관한 생각을 해봤어. 그리고 신에 대해 생각해 보았지. 현재 여러 종교가 있고 여러 명의 신이 있지. 어떤 신인지는 특정 짓지 않고 그 누가 되었건 간에 신이 있다면 내가 죽음 이후 처음 그를 만났을 때는 또 어떤

154

말투로 나와 대화를 할까? 많은 것들을 고려해 보고 그가 할 질문을 추측해보았다. 내가 그곳에 처음 가는 것이고 그도 나의 모든 부분을 알지는 못할 테니, 그는 내게 이렇게 묻지 않을까 싶다.

"너는 무엇을 이루고 왔느냐?"

그때의 나는 무엇을 했다고 말을 해야 할까?
그래. 내가 한 것. 오늘 죽었다면 내가 오늘까지 했던 것 중에 가장 잘했다고 생각하는 여명을 준비한 것. 나는

'저는 저와 결이 맞는 이들과 저 자신을 탐구하며 미래를 준비하고 더 나은 내일을 준비했었습니다.'라고 대답할 것 같다. 그렇다면 신은 내게 다시 물을 것이다.

'왜 그러한 행동을 한 것이냐?'

'저는 그 전에 나태하고 쾌락을 좇는 삶을 살았었습니다. 그리고 그 것이 제가 발전하는 데에 있어 발목을 잡는다는 것을 깨달았을 때 저는 전과 같은 삶을 살지 않기 위해 그러한 선택을 했으며, 연필을 손에 처음 쥐고 공부를 처음 시작했습니다.'

'왜 그렇게 해야 하지? 왜 나태하면 안 되며 왜 발전하지 않는 삶을 살면 안 되는 것이지?'

나는 명확히 말할 수 있는 이유가 '나의 발전'이라고 생각했는데 그 역시 그곳에서는 통하지 않을 것이라는 추측을 하였다.
결국에 우리가 정의하는 선과 악도 시대의 흐름을 반영하여 바뀌고 있고 '무엇이 나쁘다.' '무엇이 올바르지 않다.' 또는 '무엇이 정답이다.'라고 말하는 것은, 우리의 도덕이 따를 텐데. 그건 우리가 정한 공동체 속 규칙이니, 선과 악을 판단할 수 없는 길목에서 나는 어떤 대답을 해야 하는가.

또, 그의 질문은 항상 일관되지 않았을까 싶다. '왜'냐는 이유를 묻는 말들의 연속. 왜 공부를 하며, 안정적인 삶을 위해 왜 국가에 헌신하는지, 이유를 묻는 말들,
'본질의 질문들.'

그가 이유를 묻지 않는 것은 오직 나의 이름뿐.

그것이 신이 우리를 대하는 모습이라고 생각한다.

본질에 접근하는 것. 그것이 '왜'라는 질문을 던지는 이가 말하는 신

의 대화법이 아닐까 싶다. 그렇기에 난 '왜'라는 질문을 항상 던지는 이가 좋다. 그리고 '왜'를 궁금해하는 것은 대게 너희들에게 소중했던 사람들이나 소중한 사람들이 아니었나? 부모님이나, 정말 친한 친구, 이유를 궁금해하는 이들.

그렇다면. 지금 이 세상에서 가장 '신에 근접한 이들'은 누굴까? 맞춰봐, 답을 들었을 때는 너희 모두 동의할 수 있을거야."

"부모님…? 음… 내게 항상 본질의 질문을 하는 이들이라…."

"신과 가장 근접한 이들은. 신과 가장 유사한 방식으로 우리에게 질문을 하고, 대화를 던지는 이들은 '아기'이다."

프로노스는 주의를 두리번 거리더니, 창밖을 보며 말했다.
"내게 이제 말을 배우기 시작한 어린 동생이 있다고 가정을 해보자. 난 지금 내 동생을 품에 안고 이 앞을 지나가고 있다. 그리고 그에게 말한다, '저 달빛이 참 예쁘지?'라고 그렇다면 그에 대한, 맞다. 또는 아니다.에 관한 답변이 돌아오겠지. 그리고 동생이 궁금증이 든다면 내게 물을 것이다. '근데, 저 달은 왜 빛나는 거야?' 그렇다면 나는 저 달이 왜 빛나는 것처럼 보이는지에 관한 답을 해야겠지. 또, 내가 책을 읽고 있다면 왜 책을 읽는 건지, 책은 무엇으로 구성되어 있는지. 끝없는 본질에 관한 질문들에 연속일 것이다. 그래서 난 어린아이야말로 신과 가장 근접한 이들이라고 생각한다."

난 본질의 질문들이 나의 이유를 정말 견고하게 만들어준다고 생각해, 그래서 그런 이들을 더 찾고 싶어 했지. 사이먼이 처음 들어온 이유는 '나태'라는 감정을 우리가 조금 더 깊이 파고들기 위함이었지. 그것이 여명에서 해결된 이후에는 난 사이먼의 다른 점이 보이기 시작했다. 그는 어떤 말을 해도, 어떤 질문을 던져도, 어떤 것을 하고 싶다, 어떤 것이 그렇다더라, 그 모든 말에 '왜?'라는 질문을 한다. 그렇다면 난 그에게 답변을 하기 위해 나의 본질을 찾는다. 예컨대 내가 책을 쓰고 싶다고 한다면 사이먼은 내게 '왜 책을 쓰고 싶은데?'라고 물을 것이다. 그렇다면 난 '나의 발전을 위해서'라고 답하겠지만 그 발전의 본질을 찾는다. 그래서 난 그런 질문을 이어가는 사이먼이 항상 고맙다.

나의 말을 정리하자면 신이 되려면, 신과 가장 근접한 대화법을 찾는다면, 우리의 본질을 찾는 것이 그것에 관한 답일 것이다. 내가 오늘 준비해온 것은 이것이 끝이다. 질문 있는 사람?

프로메테이아가 질문하였다.
"질문은 아니고 그냥 너의 말을 듣고 떠오른 건데, 나는 어떤 일을 행할 때 또는 누군가 어떤 일을 내게 했을 때 이유를 찾는 편이다.

그런데 그것이 끝까지 파고들지 못하여 나의 본질을 찾지 못할 때도 있지. 내가 왜 이런 생각을 하는지, 상대방은 왜 저런 행동을 하는지. 그럴 때는 넌 보통 어떻게 하는 편이야?"

"내가 여명을 만들고 나의 일기에 홍경이라는 거울의 의미를 담아 이름을 지은 것은 나와 너희들의 거울이 필요했기 때문이다. 나 또는 너희들은 계속하여 서로의 말에 본질을 찾는 '왜?'라는 질문을 이어가며 그 끝에 도달하여 그것이 무엇으로 구성되어 있는지를 찾아야 한다고 생각해. 네가 힘들다면 나는 너의 거울로써 너 또는 상대방을 찾는 것을 도와줄 수 있어. 그리고 난 나의 거울인 너희와 나를 보며 그 본질을 찾는 편이야.
도움이 좀 되었나?"

"충분한 참고서가 될 것 같다. 고맙다."

"이상. 질문이 없다면, 나의 이야기는 여기까지이다."

15

"거울로도 보이지 않았던"

제15장 "거울로도 보이지 않았던"

...

여명에 7명이 모인지도 어언 1년이 지났다.

그들은 그들의 질문과 대답 속에서 무엇을 이루고 싶은지 무엇을 하고 싶은지를 지적 성장, 사회적 성장, 내적 성장, 육체적 성장, 경제적 성장 5개의 파트로 나누어 한 달에 한 번 모여 자신들이 설정한 바를 말하고 그 속에서 있던 일들을 공유하는 자리로 바뀌었다. 그럼에도 그 속에서 매일 만나며 그들은 그들의 생각을 공유했다.

이때 그들은 전에 하였던 "어떤 어른이 될 것인가?"에 대한 설정을 다시금 하였다. 많은 자신과의 연구를 통해 2월 말일 그들은 모여 그들이 되고 싶은 존재에 관한 이야기를 나누었다.

에드윈, 프로노스, 프로메테이아는 전과 같았다.

에드윈은 쾌락을 좇지 않는 삶. 자신이 살아가는 목적이 단순, '행복'이라는 감정이 되지 않겠다는 다짐.

프로노스는 모든 나의 감정을 제 3자의 시선처럼 바라볼 수 있을 때, 자신을 제 3자로 생각하여 돌아볼 수 있는 이성적인 상태에서의 판단으로 결정할 수 있는 삶.

프로메테이아는 당당함. 자신이 행하는 것에 대한 한치의 부끄러움도 없는 상태를 만들고자 하였다.

새로이 해럴드, 사이먼, 백톰, 팀페로도 정하였다

소수의 부대로 대군을 물리칠 수 있는 용맹함과 지략. 그것을 이루기 위한 육체적 성장. 그리고 그 속에서 자신과 대화를 통해 스스로와 타협점을 만들지 않기로 하였다.

백톰은 자신이 리더가 되는 것. 중력과 같이 자신을 중심으로 한 무리에서 자신이 이끌 수 있는 사람이 되는 것. 과거에는 그렇지 못하였다고 스스로 판단하여 내린 결정이었다. 그래서 강한 중력이 있는 블랙홀과 자신을 비교해가며 매일 피드백을 하기로 하였다.

사이먼은 무엇이든 거스르는 자. 마치 연어가 산란을 위해 거스르는 것과 같이 자신도 자신이 목표한 바를 방해하는 요소들을 거스르며 살아가기를 목표로 설정했다. 이를테면 나태했던 자신의 과거에 비추어볼 때 잠과 같은 것.

팀페로는 당장 오른손이 부러지더라도 왼손으로 자신이 하던 바를 이어갈 수 있는 꾸준함을 목표로 설정하였다.

대개, 어떤 어른이 될까에 대해서는 내적인 설정보다 사회적 지위를 말하곤 한다. 하지만 그것을 꿈꾸고 이루었을 때 자신이 텅 비어있다면, 그것은 나의 꿈을 이루었다고 말할 수 있을까? 또 그때의 나는 허망한 나를 바라볼 자신이 있을까? 모두 이 의견에 동의하였기에, 그들은 다시금 자신이 이루고 싶은 바에 대하여 설정을 하였다.

하지만, 이때쯤 프로노스에게 큰 문제가 생겼다. 동생인 소피가 심한 두통과 설사가 일주일간 지속되어 왔다는 것. 병원에 가도 문제를 찾지 못하여 답답함과 속상함이 공존했지만, 점점 악화되는 상태에 그는 온전히 여명에 집중할 수 없었다.

"얘들아, 정말 미안한데 내 쌍둥이 동생 소피가 지금 몸이 아프다. 병원에 가도 병명을 알 수 없는데, 고열이 나고, 매일 두통에 시달리며 설사를 지속한다. 그렇다고 매일 아스피린을 먹일 수도 없는 상황이고 부모님은 일이 바쁘셔서, 간호할 수가 없다. 그래서 정말 미안하지만 난 가끔은 소피를 간호하여 여명에 못 오는 경우도 생길 듯하다."

여명에 있는 친구들은 그를 이해하였다. 그의 가족이 아프고 그를 이해 못 할 친구들도 아니었기에, 그에게 소피를 극진히 간호해 주라고 말을 전했다.

"소피, 괜찮아? 당분간은 너를 간호해야 할 것 같다."

"난 괜찮아, 넌 어때? 내가 아픈데, 네가 간호를 한다니."

"무슨 소리야 그게. 이건 당연한 거지. 몸 아픈 것 말고는 불편한 것은 없어?"

"사실 몸보다는 생각이 너무 복잡해. 이 말을 해야 할지 고민을 했었는데, 네가 물어보니 그냥 할게. 난 솔직히 네가 발전을 해가는 과정이 조금 마음에 걸려. 난 솔직히 그런 삶이 사회적 흐름에 따라 부여받은 것이고, 네가 가끔은 무리를 해서 집에 들어오지도 않고 공부를 하는 것이 아닌가 하는 생각도 들고, 제자리에서 머물고 싶을 때 잠깐은 쉬는 것이, 난 발전을 하는데 필요하다고 생각하고, 난 그게 잘못되었다고 생각한 적 없거든. 하지만 넌 그걸 죄악으로 여기고 삶을 사는 것이 너무 '자만이 만든 틀에 박혀서 사는 것이 아닌가' 하는 생각도 든다.

최근에 이런 생각들을 지속했는데, 하면 할수록 머리가 아파 오더라. 그래서 그런 것이 아닐까 싶기도 하고….”

프로노스는 크게 놀랐다. 자신을 온전히 이해할 것이라고 생각했던 소피가 그에게 이런 말을 한 것에. 프로노스는 소피를 그의 분신과도 같은 존재라고 생각했다. 소피의 말을 듣고 곰곰이 생각해 봤을 때 자신도 정말 그런 생각을 여러 번 했었기에. 그리고 소피가 현재 몸이 좋지 않기에 일단은 소피의 의견을 수용하기로 하였다.

“그래 소피. 나도 가끔은 쉬고 싶을 때도 있다. 네가 한 말을 내가 안 해본 것도 아니고 말이야. 그래도 난 내가 생각하는 바와 그것을 이루기 위해 발전하는 삶을 살았었는데, 너는 나를 잘 알고 나도 너를 잘 알기에 너의 의견도 들어볼 필요가 있다고 생각한다. 일단은 나도 너를 간호하며 가끔 쉴 때는 쉬는 삶을 살아보겠다.”

이날 이후 프로노스는 여명에서 많은 시간을 보내지 못하였으며 나가지 않는 날이 더 많았다. 소피의 상태는 점점 더 악화되어 갔으며, 프로노스의 속은 타들어만 갔다. 소피가 상태가 좋지 않은 날마다 프로노스는 친구들에게 심심한 사과의 말을 전해야 했다.

여름이 곧 다가오는 어느 날, 프로노스는 이날도 아침 일찍 해럴드에게 전화를 걸어 나가지 못하는 것에 미안함을 표했다.

프로노스는 집에서 간호하며 소피와의 대화가 점점 늘어만 갔다. 그에 따라 소피에게 점점 동화되어만 갔다. 소피가 했던 말들과 행동은 곧 프로노스의 말과 행동이 되었다. 프로노스는 시간이 흐를수록, 자신이 배척하고자 했던 7가지의 죄들에 손을 뻗었다. 자연스레 닿았을지도 모른다.

지금까지 했으니까, 잠깐 쉬어도 괜찮겠다는 오만과

그럼에도 자신을 인정하지 않고 더 높은 곳으로 가고 싶다는 욕망.

소피가 잘 때는 자신도 쉬는 시간이라 여겼기에 그를 점점 게을러져만 갔고,

가끔은 해럴드가 '오늘 하루는 그냥 나와'라는 말에 자신을 이해하지 못 해준다는 분노.

육체적 성장을 멈추고 운동을 게을리하며

식탐만 늘어가는 나날들.

그런 나날들을 보내는 것을 자신 스스로도 인지했지만, 자신은 멈춰있고 여명의 불은 꺼지지 않고 매일 켜지고 있음에 그들에 대한 질투심까지 피어났다.

프로노스의 삶은 망가져만 갔다. 하지만 그는 그가 망가져 간다는 사실을 인지하지 못하였다. 그저 소피가 아프다는 것. 그리고 모두가 이해해줄 것이라는 생각들의 연속이었다.

프로노스는 여명에 잘 나오지 못할 것 같다고 스스로 판단했을 시점에 자신과 추진력이 가장 비슷하다고 생각한 해럴드에게 자신이 없을 경우, 친구들을 리드에서 자신의 뜻을 이어달라고 부탁하였다. 그렇게 5개월이 지났을 때 리더는 프로노스에서 해럴드로 바뀌었다. 그리고 리더가 바뀐 것은 프로노스 개인의 생각이 아닌 여명 모두의 생각이었다. 더이상 프로노스는 리더일 수 없었다.

"오늘도 프로노스는 안 왔어?"
해럴드가 여명에서 물었다.
"오늘도 소피가 많이 아프다고 하네. 오늘도 우리끼리 해야 할 것 같다."

"하… 난 소피가 아픈 것까진 알겠어. 우리가 그 부분을 이해해주어야 한다고 생각하기도 해. 하지만 가끔은 프로노스가 우리의 이해를 당연하게 생각할 때도 있는 것 같다. 더군다나 오늘은 한 달에 한 번 있는 발표의 날인데 벌써 이것도 우리끼리 다섯 번이나 하지 않았나?"

"그런가…? 난 잘 모르겠다."
해럴드의 말에 프로메테이아가 답했다.

"좀 뜬금없는 질문이긴 한데… 마음에 좀 걸리는 게 있어서… 하나
물어봐도 돼?"
백톰이 에드윈에게 질문했다.

"넌 소피를 언제 마지막으로 봤어?"
"나도 동생이 있다는 것은 여명이 만들어지기 좀 전에 알았어. 그리
고 나도 한 번도 본적 없는데?"

"집에 갔을 때도?"

"응. 집에 갔을 때 동생 방 위치는 보여주긴 했는데 문이 닫혀 있었
어."

"프로노스 동생 이름이 소피 맞지? 소피 리슨. 그리고 쌍둥이 동생
이고 말이야….
근데….
소피는 학교 안 다니나…?
나만 한 번도 본 적이 없는게 아니네…?"

그의 의문에 모두들 하던 행동을 멈췄다. 생각해보니 쌍둥이 동생이고 같은 나이고 모두 친구인데도 한 번도 본적 없는 것은 좀 이상하지 않을 수 없었다.

"소피 소식 아는 사람…?"

해럴드는 무언가 싸한 감정을 느꼈다. 그 감정은 곧 의심으로 번졌다. 생각을 해보면 소피의 소식은 프로노스의 입으로만 들었다는 것을 모두 깨달았다.
"그럼… 지금까지 프로노스가 우리에게 거짓말을 했다는거야…? 쉬려고…?"

프로메테이아가 에드윈에게 물었다.

"난 오랜 시간 그를 봐서 그를 잘 알지만, 생각해보니 소피를 한 번도 보지 못한 것은 살짝 의아하긴 하네. 집을 수도 없이 갔는데 소피 방문이 열려있는 것을 한 번도 본 적 없어…."

"그럼 프로노스가 오랜 시간 계획하고 우리를 속였다는거네…?"

"아니지. 진짜 소피가 있는데 집에서만 생활하고 내성적인 성격일 수도 있으니까. 하지만… 나도 의문점이 한 두 개가 아니네…"

그들의 말을 묵묵히 듣던 해럴드가 말했다.

"그의 말을 듣기 전까지 확신하지 말자. 지금은 그저 소피의 존재만
확인하면 되는 것 아니야? 소피가 정말 있다면 상태를 보고 앞으로
의 계획을 함께 정하고, 없다면 그에게 물어야지."

그들은 점점 나약해져 가는 프로노스를 보며 소피라는 인물을 궁금해
하기 시작했다. 해럴드는 그들을 만나 대화를 해야겠다고 판단되어
그들을 만날 계획을 세웠다. 다음날 여명에 못 온다고 연락이 오거나
왔을 때 그에게 집에 한 번 가보아도 괜찮겠냐고 묻기로 하였다.

그렇게 정리를 하고, 다음날 그에게 전화가 왔다.

"어, 프로노스 오늘도 못와?"

"응. 오늘도 소피 몸이 좋지 않아서 가기 힘들 것 같네."

"프로노스, 우리가 소피를 위해서 돈을 모아서 과자같은 것들 샀는
데. 이따 잠깐 찾아가도 괜찮을까?"

"너무 고맙지. 그럼 차라리 지금 잠깐 올래? 소피가 잠깐 나가 있어서 와도 괜찮은데."

"소피한테 주려고 하는데, 소피가 나갔으니 오라는 건 무슨 얘기야…?"

"아, 소피가 사실 대인기피증이 있어서 사람을 잘 못만나. 그래서 네가 와도 못 볼거야. 그래서 지금 오라는 이유기도 하지."
"아, 그런 이유라면 알겠어. 지금 갈게."

전화를 옆에서 듣고 있던 친구들은 안도의 한숨을 내쉬었다. 그런 이유가 있어 보지 못했던 것이기에 납득했다.
해럴드는 먹을 것을 산 적이 없고, 그에게 가기 위한 거짓말이었기에, 가면서 근처 빵집에서 여러 개의 빵을 사서 그의 집을 찾아갔다.

"프로노스! 나 왔어!"

문을 두들기는 소리에 프로노스는 바로 문을 열었다.
"어 그래 어서 와. 우리 집에 오는 것은 처음이지?? 편하게 있다가 가."

"아냐. 난 이거 전해주고 여명에 가서 할 일 해야지."

"너무 고맙다. 그래도 차라도 한 잔 마시고 가. 내려줄게."

프로노스와 해럴드는 같은 탁자에 앉아 이야기를 나누었다.

"소피 몸은 어때?"

"지금도 좋지 않아."

"소피는 늦게 와?"

"응. 항상 내가 자고 있을 때 오더라. 아마 멀리 있는 병원에 가서 그런 것 같아."

"그래. 그래도 난 동생을 극진히 챙기는 네가 참 멋있다고 생각한다. 원망도 할 수 있을 텐데 말이야."

"아니야. 나한테도 소중한 존재니, 그에 맞도록 행동해야지. 온 김에 집 구경이라도 하고 갈래? 구경 시켜줄게."

"어 좋지. 네 방 가보자 난 항상 궁금했어."

그들은 2층에 있는 프로노스의 방에 올라가 그곳에 있는 것들을 구경했다.

"오! 이게 네 일기구나. 홍경 너한테 듣기만 했었는데 여러 권이었구나."

"쓰다 보니 이렇게 되었지. 우리가 대화 한 두 마디 하는 것이 아니니까."

"여기는 어떤 방이야?"
소피 방 앞에 선 해럴드는 프로노스에게 물었다.

"여긴 소피 방이지. 지금 소피가 없으니까 한 번 들어가 볼래?"

"괜찮을까…?"

"괜찮지 우리 가족인데 내가 괜찮으면 괜찮은거지."

해럴드는 친구 중 처음으로 소피의 방에 들어갔다.

하지만 소피의 방은 사람이 지낸다고 하기에는 허름한 모습이었다.
침대도 없었으며 천장 구석에는 거미줄이 쳐있었고, 방에 있는 것이
라고는 책상과 여러 권의 노트 뿐이었다.

"여기가 소피 방이라고…?"

"응. 왜, 이상해?"

누가 보아도 사람이 쓰는 방이라고는 여겨질 수 없는 모습을 하고
있었지만 프로노스는 오히려 해럴드에게 의문을 던졌다.
"이 노트는 소피가 쓴 거야?"

"응. 난 여기 어떤 내용이 쓰여 있는지 아는데, 중요한 건 아니라서
한 번 봐도 돼,"

그렇게 해럴드는 소피의 방을 구경하고 프로노스와 같이 내려왔다.

"벌써 가려고?"

"응. 너도 여명에서 어떤 일을 하는지 잘 알잖아. 시간이 없네. 내일
은 올 수 있으면 와!"

"알겠어, 와 주어 고맙다. 소피에게 전해줄게!"

"그래! 소피에게 안부 전해주고!"

해럴드는 문을 닫고, 프로노스가 2층으로 올라가는 모습을 창 너머로 보자마자 여명으로 빠르게 뛰기 시작했다.

'쾅…!'
"뭐야 깜짝이야…! 왜 이렇게 급하게 온거야? 프로노스 못 만났어?"

"소피에 대해서 알아냈다… 어떤 인물인지…."

"일단 진정하고 이리 와서 앉아봐. 왜 그래!"

해럴드는 숨을 고르고 이야기했다.

"내가 지금부터 하는 이야기 흥분하지 말고 잘 들어."

16

"태양이 구름에 가려져 보이지 않을 때"

제16장 "태양이 구름에 가려져 보이지 않을 때"

...

"프로노스의 집에 가서 그의 제안으로 집 구경을 했다. 그리고 에드윈이 말한 굳게 닫힌 문. 그 방의 주인인 소피의 방을 구경했다. 하지만 그 안은 사람이 살기에 적합하지 않더라.

그래, 이건 내 편협한 시선으로 바라보아 그렇게 느낄 수 있는 부분이지. 하지만 난 그 방에 사람이 살지 않는다는 것을 확신할 수 있었다. 그 방안에는 책상과 노트가 있었다. 프로노스는 그 노트가 소피의 것이라고 했지. 프로노스의 허락으로 그 노트를 봤다.

'여명에서 행하는 발전을 이룩하는 행동들을 너무 빨리 시작한 것이 아닐까 하는 생각이, 가끔은 든다. 내 나이에 맞게 사는 것이 무엇인지 가끔 의구심이 든다. 어른들은 네 나이 때는 놀아도 된다고. 아니, 놀아야만 한다고 하는 이들도 있지. 그래서 가끔 프로노스가 하는 행동들이 오히려 답답하게만 보일 때도 있다. 그가 태양이 되려

177

함에 그에 빗대어 써보자면,
태양을 바라보는 방법에는 두 가지가 있다고 생각한다.

떠오른 태양 한 번 보려 하늘 올려다 보았을 때
빛이 너무 강하여 눈살을 찌푸리고 다른 곳을 응시하는 것과

떠오른 태양 한 번 보려 하는 올려다 보았을 때
빛이 너무 강하여 눈살을 찌푸리고 더 자세히 보려는 것.

하지만, 가끔은 구름 낀 태양이 약하게 빛나는 것처럼 보이는 날이
더 잘 보이는 날도 있는데.

우리는 어떤 날 태양을 응시해야 할까?"

"난, 이 내용이 우리의 관점과는 다르다고 생각한다. 해야 할 이유
와 하지 않아야 할 이유 중 하지 말아야 할 이유에 좀 더 무게가 실
린 글 같아서 말이다. 하지만 이 글의 의미를 뜯어보는 것이 중요한
것이 아니야.
어지러운 글씨,
감정적인 말 속에서 내가 가장 놀란 것은….

그건 분명 프로노스의 글씨체다.

예컨대 소피는 프로노스가 만든,
프로노스 내면의 인물이다.”

“그게 무슨 말도 안 되는 소리야…? 네가 네 눈으로 본거 확실해?
이해가 되게 말을 해봐!”

“프로노스가 해야 할 이유를 찾고,
이성적인 판단을 내리는 인물이라면,
소피는 그와 반대로
감정적인 선택을 하며,
하지 말아야 할 이유를 찾는 인물이다.

내가 생각하기에 프로노스는 자신이 행하는 일에 대해서 마음과 가
슴이 동화되지 않는 자신의 나날들을 보내며 자신을 둘로 나누어 대
화를 이어갔던 것 같다.

나는 여명에 들어온지 얼마 되지 않았으니 비교적 오랜 시간을 보낸
에드윈, 프로메테이아, 팀페로 너희 세 명이 답해주길 바란다.

프로노스가 감정적 선택을 내릴 때는 항상 소피와의 대화 후에 정하는 모습을 보이지 않았었나? 그리고 소피가 아프다고 주장한 지금 프로노스의 상태는 너무나 감정적이지 않고?

사람은 누구나 빛과 그림자가 공존하지. 내가 여명에서 본 프로노스는 이상하리만치 빛만 존재하는 인물이었어. 그럴 때마다 난 그를 의심해볼 생각조차 하지 않고, 그는 정말 완벽한 인물이라고 생각했지. 하지만 프로노스는 자신의 그림자를 '소피'라는 인물을 만들어내어 그 속에 숨겼던거야. 그리고 지금은 자신의 그림자를 완전히 받아들인 거지. 그는 더 이상 프로노스라고 할 수 없어. 그의 이름은 소피다."

에드윈, 프로메테이아, 팀페로조차 그의 의견에 반기를 들 수 없었다. 그건 나머지 인물들도 마찬가지였다. 그리고 오랜 회의를 거듭한 끝에 프로노스가 소피라는 것에 대한 의심은 모두의 확신이 되었다.

"프로노스를 직접 마주한 것은 나고, 프로노스가 내게 리더 자리를 주었으니 내가 사실을 전해야 할 것 같다."

"아니! 난 동의할 수 없어. 프로노스 자신이 만든 인물인 소피를 마주했을 때 그는 무너지지 않을 거라는 확신 있어? 강한 확신이 있는 사람은 말해봐! 난 그에게 사실을 전하는 것은 올바르지 않다고 생각해 그는 자신이 변할 필요가 있다고 생각하면 스스로 변화하는 인물이야. 이에 동의 못 하는 사람?"

"… … ……… ………"

"아무도 없잖아! 프로노스는 우리에게 새로운 시야를 보여준 인물이고, 난 그에게 너무 감사하다. 그렇기에 나는 그에게 그런 가혹한 행위를 절대로 할 수 없어!"
"백톰. 일단 진정해 다른 방법이 있을 수도 있잖아, 일단 의견을 수립해보자."

프로메테이아에 의해 대화의 장이 열였다.
프로노스에게 말을 전할 인물을 정하는 것.
사실을 전할지 말지에 관한 것.

"잔인한 이야기지만 프로노스가 진실을 마주하고 스스로 일어나지 못한다면 그걸로 우리와 프로노스와의 인연은 그것으로 끝이라고 생각한다…. 우리는 우리의 할 일이 있어. 프로노스가 쓰러진다고 하여, 우리가 그를 계속하여 일으키고 돕는다면 우리 또한, 프로노스가 소피를 대하는 것과 같게 된다. 그러니, 프로노스에게 진실을 말하고 그 뒤는 그에게 맡기자. 난 오히려 그가 진실을 마주하고도 일어날 수 있다는 확신이 있기에 이런 판단을 해야만 한다고 생각해. 다른 사람이었다면 그냥 그림자만 보는 삶을 살던 말던 상관없지.

이것부터 투표하자.

그에게 진실을 전할지, 말지."

사이먼이 제안했다.

결사 반대를 하던 백톰 또한 생각 끝에 그의 의견에 동의하고 투표가 시작되었다.

동의 6표, 비동의 0표

진실을 전할 사람은

진실을 마주했던 유일한 인물 해럴드로.

"오늘 정말 고생했다. 어떻게 전할지 세부적인 내용은 너희만 동의한다면, 일주일에 시간을 가졌으면 한다."

이 말을 끝으로 그들은 오랜 회의를 거듭하고 일주일이 지난 시점 다시 해럴드는 프로노스의 집으로 향하였다.

그의 집까지 가는데도 그 어느 때보다 무거운 발걸음이 아닐 수 없었지만, 그의 집 문을 두드리는 것은 오랜 시간이 필요했다.

"똑… 똑… 똑."

"어? 해럴드 웬일이야? 말도 없이."

"어 잠깐 시간 괜찮아? 소피가 집에 없으면 잠깐 들어가 이야기 나눌 시간은 어때? 다름이 아니라, 여명에서 다음 달 토의할 주제를 정했는데, 너에게도 전해주어야 할 것 같아서 말이야."

"아 너무 고맙지. 마침 소피가 나가 있어서, 들어와도 괜찮아."

일주일이 지난 탁자에 다시 마주보고 앉은 그들이었다.
짧은 안부 인사를 주고받은 그들은 잠깐의 정적이 흐른 후, 해럴드가 먼저 입을 열었다.

17

"명암"

제17장 "명암"

...

"프로노스. 네가 얼마 전 내게 보여준 소피 노트에는 이런 말이 적혀있더라고, '밝게 빛나는 태양은 맨눈으로 보기 힘들 때가 더 많다. 어쩌면 프로노스도 그러할지도 모르겠다.'

솔직히 말하자면, 난 처음 이 문장을 읽고 소피는 하지 말아야 할 이유만을 찾는 인물이구나. 또 이러한 성격이 또는 특성이 자신에게만 적용되는 것이 아닌 남들에게까지 자신의 잣대를 들이미는구나. 그래서 소피는 프로노스에게 이해할 수 없음을 드러내는 말들을 표현하는구나. 그렇게 생각했어. 너는 어떻게 생각해?"

"솔직히 말하자면 나도 그런 생각을 안 해본 것은 아니지."

"처음에는 소피의 행동에 집중했어.

왜 항상 프로노스와 다른 생각만을 할까?

하지만 나의 이러한 질문은 소피를 알지 못하는 입장에서 함부로 말하고 평가하기 쉽지 않더라고. 그래서 생각의 전환을 했어.

소피는 누구일까?

어떤 사람일까?

왜 프로노스에게 하는 말은 날이 서있고 항상 너와는 다른 방향으로 바라볼까?

프로노스에게 소피는 어떤 사람일까?

프로노스는 어떤 생각을 할까?"

말을 듣던 프로노스는 자신의 이야기가 아닌 소피에게 향하는 질문들에 이상함 더 나아가 불쾌함을 느꼈다.

"잠깐만, 지금 왜 자꾸 질문들이 소피쪽으로 흘러가는 거야? 지금 소피가 어디 이상하기라도 하다는 거야? 내가 소피를 간호하느라 지금 여명에 가지 못 하는 것은 너희도 아는 사실이고 이해해줄 수 있는 부분 아닌가?"

프로노스는 격양된 목소리로 해럴드에게 말했다.

이 질문을 들은 해럴드는 프로노스에게 다시 한 번 강한 확신이 들었다.

소피는 그의 약점이자. 들어내고 싶지 않던 프로노스 자신의 이면이라는 것을.

"너무 예민하게 받아들이지마 프로노스. 내가 지금 오자마자 소피의 이야기를 꺼내는 이유 첫 번째는 솔직히 너를 향한 의심이었어. 난 솔직히 가끔은 너무나도 올곧은 네가 질투가 날 때도 있었고, 빈틈이 없는 것 같다는 생각이 들었던 때도 있어. 난 그럴 때마다 프로노스는 정말 완벽한 사람이고 내가 본받아야할 존재라고 생각하며 넘겼지. 가끔 네가 어떤 고민이 있다고 말해도 다방면으로 살피려고 노력하고 최선의 선택을 뽑아낼 때도 그런 생각을 했지. 근데 저번에 너희 집에 와서 소피의 글을 보았을 때 알겠더라.

소피가 고이 모아 가지고 있더라 너의 약점.

너의 발전을 막는 생각들 하나하나.

하지 말아야 할 이유까지.

내가 그것보다 놀랐던 것은 말이야. 그 노트에 적혀있는 글씨에서 뚜렷이 보이는 건 소피가 가지고 있던 수많은 이유가 아니라 글씨체였어. 그리고 그건 분명 프로노스, 너의 글씨체였지. '쌍둥이는 글씨체도 닮을 수 있나?'라는 생각도 해보았는데, 내가 너를 이제 하루이틀 본 사람이 아니니 알겠더라. 너의 빛과 그림자는 네 안에 있어 분명히. 근데 그걸 네가 나눠 두었더라.

프로노스와 소피로.

생각해봐. 예컨대 넌 소피를 제대로 본적도 없을 걸?

소피는 언제 너에게 말을 걸며, 네가 소피와 대화하는 공간과 시간은 어떻게 돼?"

"… 소피는 항상 내가 자고 있을 때 내 방에 들어와… 그 뒤에 나를 깨우고 대화를 이어가지."

"하나 더 마음에 걸리는 부분은 프로노스 네 말의 모순이지.
너는 우리에게 여명을 만들고 사람을 한 명 한 명 섬세히 7죄종에까지 비유해가며 고른 이유가 결이 같은 사람들이 모였을 때의 시너지 때문이라고 했지. 예를 들어 네가 몇 년전, 흔히 말해 질이 좋지 않은 친구들과 놀 때 너의 사고와 지금 우리와 있을 때의 사고가 다르듯 함께하는 이들의 영향을 받는 것은 당연하지. 하지만 프로노스.
소피의 노트를 봐. 너의 반대의 사고를 하는 사람인데 특히나 대화도 자주하고 생각의 공유 또한 자주하는 넌, 어떻게 소피의 영향을 하나도 받지 않을 수 있지?
프로노스. 더이상 돌려 말하지 않을게. 소피는 네 안에 존재하는 사람이자 네 이면이야. 너만 소피를 볼 수 있는 사람이지. 그것도 꿈속에서 너의 그림자에 인격을 더해서 말이야.

해럴드는 마음을 최대한 추스르며 지금껏 자신이 느꼈던 생각들을 프로노스에게 다시금 천천히 읊었다.

"네게 소피란 어떠한 존재인지 너 자신에게 물어본 적이 있어? 추측 건대 너에게는 정말 소중한 너의 형제이자 보물이겠지.

하지만 너는 그 이상을 보지 못해.

아니, 너는 그 이상을 볼 수 없겠지.

먼저, 소피가 네 형제이지만 몸이 허약하여 아픈 손가락인 것을 너와 함께했던 나는 그 누구보다 잘 알고 있지만, 대의를 준비하는 우리가 소피 때문에 매일 나약해져만 가는 너와 동행을 할 이유를 내게 답해주길 바란다.

너는 지금 매몰되었다. 소피가 아픈 것을 우리 모두가 공공연하게 알고 있으니 넌 우리가 모든 것을 이해하길 바란다.

아니, 넌 이미 우리가 너의 상황을 이해하지 못하는 것이 비정상이라고 생각하고 있을 것이다.

내가 지금 하는 말이 틀리지 않다고 생각이 든다면, 네게 주어진 행동의 결말은 하나다."

"소피를 죽여라."

18

"증명이라는 언어로"

제18장 "증명이라는 언어로"

...

"프로노스에게 말했어?"

여명에 돌아온 해럴드에게 팀페로가 물었다.

"응. 말하고 왔지. 한참을 울더라. 백톰이 전해주라고 한 편지 하나만 남기고 생각 정리 잘 해보라고 했어. 그가 내 의견에 큰 반기를 들지 않았던건. 동의했기 때문이겠지.
때로는 진실이 더 잔인할 때도 있는 것 같아. 프로노스에게도 마찬가지겠지….'

"해럴드 고생했어. 이제 프로노스는 어떻게 해야 하지?"

"난 우리가 프로노스에게 보여준 방식이 모든 면에서 옳다고 생각하지는 않아. 우리는 그가 보지 못하고 있다는 이유 때문에 그의 약점을 강제로 꺼내어 그에게 보여준 거잖아. 그건 그에게 많이 아플거야. 더군다나 자신을 죽여야 하니까. 그래서 난 이 말을 하기까지 수없이도 망설이고 후회하지는 않을까 나 자신을 위로했다. 내가 맞는 행동을 하는 것이라고. 난 그만큼 그를 향한 마음이 커. 여명에서 우리가 깊은 정을 쌓을 수 있던 것도 그의 덕이잖아. 하지만 그런 그를 내가 리더라는 이유로 밀어낸다는게 쉬운 일은 아니지.

저번에 말했듯이 프로노스가 다시 찾아오는 것은 그의 몫이야. 그가 온다면 격하게 반겨주지는 말자. 사이먼이 들어왔을 때처럼 그가 모든걸 이겨냈다고 판단될 때 반겨주자. 그리고 그가 오지 않는다 하여도, 그에게 아무 말도 하지 말자. 그냥 우리의 인연은 거기까지 였던거야.

난 내가 리더라고 생각해 본 적이 없어. 해보고 싶은 생각은 항상 가지고 있었지. 때로는 프로노스가 리더 자리를 맞고 있는 것을 보며 질투가 났던 적도 있지. 하지만 막상 이 자리에 오니 이런 무거운 결정도 내가 건의하고 결정해야 한다는 것이 무겁게도 느껴진다. 그래도 프로노스와 내가 반대 입장이 되고. 내가 아프고 프로노스가 나를 설득하는 과정이었어도 똑같은 과정을 밟지 않았을까 싶다."

.

.

.

.

.

프로노스는 해럴드가 떠난 텅 빈 집 앞에서 어떤 행동을 할지, 어떤 생각을 해야하는 것인지 갈피조차 잡히지 않았다. 지금까지 꾹 참았던 흡연을 하며 생각을 정리해보려 어른들이 힘들 때 자주 찾는 술이라도 진탕 먹어볼까도 고민했지만, 이성적인 생각이라고 생각이 들지는 않았기에 행동으로 옮기지는 않았다. 프로노스는 고민을 하다가 옷을 입고 곧장 산책을 나갔다. 프로노스는 바깥 공기를 맡으며 생각을 정리하고자 나섰지만, 사실 소피의 수많은 흔적이 있는 자신의 집으로부터 벗어나기 위함인 것을 프로노스는 알지 못하였다. 프로노스는 혼돈 그 자체였다. 여명에 있는 친구들을 어떻게 볼지, 나는 누구인지, 어떤 생각을 가지고 있는 것인지, 자신은 왜 자신의 그림자를 자신에게까지 숨기며 살았는지 생각이 정리되지 않았다.

모순을 욕하던 그가 자신의 삶 자체가 모순 덩어리라는 것을 받아들이기 프로노스는 아직 어린 것일까?

그렇게 정처없이 걸어다니던 프로노스의 눈에 익숙한 얼굴이 보였다.

"프로노스? 네가 지금 왜 여기에 있어? 집에 있는 줄 알았는데."

그는 여명에서 집으로 가던 팀페로였고 그들은 우연히 길에서 마주하게 되었다,

"어 팀페로네? 어디가던 길이야?"

"방금까지 여명에 있다가 집에 가는 길이지. 방금 해럴드에게 네 소식 들었어."

"어… 모두 알고 있던거지?"

"그렇지. 너도 알잖아 우리가 어떤 방식으로 이야기를 나누고 행동을 선택하는지. 항상 똑같지."

프로노스와 팀페로. 둘의 대화와 답변 사이에는 긴 공백이 있었다. 한숨과 서로의 말 속 조심스러움에서 피어난 공백이 그들의 대화를 길게 이끌었다.

"솔직히 프로노스 난 말이야,

우리가 어떤 대목에 대해 토의를 할때면 서로 의견 충돌이 있어도 이런 자리가 있다는 것에 감사하고 서로에게 진심을 말해주는 친구들이 있음에 감사. 또 다른 이유들까지 다 나열하면 입아프지. 근데, 가끔은 '프로노스가 리더일까?'라는 생각을 할때가 많아. 우리에게 하는 행동을 보면, 넌 네가 스스로 리더라고 생각하고 그렇게 되려하는게 보여. 그리고 우리 또한 네 성과와 생각들을 인정해주지. 그러면서도 넌 오만함을 가장 두려워하고, 멀리하려고 하지.

겉으로는 말이야.

프로노스, 넌 우리와 동일한 입장이라고 말하면서 네가 만든 여명에 누군가를 대화라는 명목으로 초대해서 평가하는 게 맞다고 생각하는거야? 기존에 여명에 있는 친구들에게는 합당한 이유일 수도 있지. 확실한 명분은 필요한 법이니까. 하지만 넌, 그들의 생각을 묻는다는 명분으로 우리를 평가했지. 그리고 넌 거기서 상대적 우월감을 느꼈을거야 그게 오만이 아니면 뭐지? 너도 정말 아니라고는 못할 거 알아. 내 말 알아들었으리라 생각하고 오늘은 여기서 헤어지자. 그리고 또… 슬퍼하는 것도 미안해 하는 것도 오늘까지만 했으면 좋겠다.

소피."

팀페로의 말을 들은 프로노스는 수긍했다. 오히려 조언을 주는 것보다 팀페로의 말은 그에게 더 이성적으로 다가왔다.

프로노스는 산책을 멈추고 집으로 향했다. 그제서야 프로노스는 자신이 회피하기 위해, 소피의 수많은 흔적이 남은 자신의 집에서 벗어나기 위해 산책을 선택했음을 깨달았다.

집에 홀로 남은 프로노스는 소피의 흔적을 모두 꺼내 하나하나 자세히 보기 시작했다. 해럴드의 말처럼 소피의 노트는 곧 내가 나의 그림자를 담은 노트였으며 소피의 얼굴조차 그는 본 적이 없다는 것을 알게 되었다. 프로노스는 혼란스러웠지만, 하루 이틀 시간이 지날수록 점차 생각 정리가 되었다. 프로노스는 일주일이 지난 시점에서야 소피가 자신이 만든 인물이라는 것을 스스로 인정했다.

그는 해럴드의 말처럼 소피를 죽이기 위해 다방면으로 자신을 다시 살피기 시작했다.

처음 여명을 만든 이유
여명에 7명이 모인 이유
여명에서 자신이 해왔던 것들.

프로노스는 정리를 하던 중 해럴드가 그에게 주고 간 편지를 꺼내
읽어보았다.

오랜시간 비가 오거나 안개가 끼면
가끔 '태양이 뜨지 않을 수도 있겠다'라는 생각이 들 때가 있어
그럴때는 내가 심으려던 씨앗
손에 꽉 쥔 채로 주머니 더 깊은 속으로
들어가기를 반복한다.

언젠가 내가 태양을 의심하지 않을 때
태양에 대한 확신이 생기고
태양이 뜰 때
저 태양 조금이라도 더 보려
손 뻗어 손 틈새로 들어오는 빛을 조금이라도 더 보려
손에 쥐고 있던,
내가 심기를 망설였던 씨앗
바닥으로 떨어져

자연스레 쉬어째, 받아하는 때가 오기를.

그때 우리는 태양이기를.

- 프로노스 또는 소피에게 -

프로노스는 이 편지를 읽고서야 자신이 무엇을 해야 할지 확신했다. 해럴드가 소피를 죽이라고 한 날 빛과 그림자에 대한 이야기를 해준 이유와 백톰이 편지 마지막에 프로노스 또는 소피라고 적은 이유.

.

.

.

.

"너희라면 아무렇지 않게 이 책상 앞에 앉아 평소에 같이 내게 안녕을 물을 것 같았는데 내 생각이 맞네."

프로노스는 편지를 읽은 다음 날 여명에 왔다. 여명에 친구들은 해럴드의 뜻대로 가장 먼저 와 있는 프로노스에게 와서 정말 반갑다는 인사도 건내지 않았다. 모든 것은 평소와 같았다.

"내가 말 할 차례인 것 같으니까 내가 이야기할게. 정말 오랜 시간이 흐른 것만 같은 느낌이다. 솔직히 말하자면, 난 지금 너희들 얼굴을 보고 말하는 것도 미안할 정도야.

먼저 해럴드의 말처럼 소피는 내 안에 인물이더라. 나도 너희들 덕에 알게 되었어. 너희 한 명 한 명이 되어 나의 모든 날들을 되돌아봤어. 사이먼이라면 여기서 어떤 선택을 내릴까… 팀페로라면… 프로메테이아라면… 그렇게 하니까 내가 처음에 여명에 7명을 모은 이유와 같이 나를 살필 수 있게 되더라.

생각을 비우려 매일 아침 마을을 뛰었는데 그럴수록 다짐만 더 굳건해지더라. 난 절대 여명을 벗어나고 싶지 않고 내가 다시 이끌 수 있는 사람이 되어야 한다는 굳은 다짐.

소피가 어떻게 되었는지 궁금해 할 것 같아서 그것도 말해줄게. 소피는 안 죽었어. 그리고 안 죽을거야. 해럴드는 내게 소피를 죽이라고 말했지만, 그날 내게 빛과 그림자는 공존해야 한다고 했어. 소피를 죽이라고만 했다면 난 그게 맞다고 판단하고 난 올곧은 상태만을 유지하려고 했을 거야. 하지만 너무 딱딱하면 부려져. 또, 언젠가는 내 안에서 소피가 태어나겠지.

소피는 내가 철저하게 분리해 놓은 그림자가 맞더라. 그래서 난 이 소피를 죽이는 것 말고 공존하기로 했어. 그 속에서 내가 진짜 원하는 것이 무엇인지를 양쪽에서 바라보기로 했지. 너무 빛만 바라봐서도 안 된다고 생각하거든. 예컨대 해럴드와 백톰은 내가 이런 선택을 내리기를 바랐을 거야. 그들의 말에서 보였거든.

그래도, 소피 때문에 이런 일이 벌어지는 일은 다시 없을 거야. 소피가 내 안에서 살아있다고 하여도 그저 내 그림자일 뿐 나를 대신하는 일은 없을거니까. 그 안에서 나는 또 나를 잃지 않기 위해 노력해야겠지.

더 하고 싶은 말이 있는데. 난 이제 하지 않으려고, 앞으로 보여줄게. 내가 하고 싶었던 말이 무엇이었는지.

증명이라는 언어로.

고맙다. 정말 고마워. 너희들에게는 모든 것을 받았다."

19

"어른이 되어버린, 어른이 된"

제19장 "어른이 되어버린, 어른이 된"

...

"백톰, 이제와서야 물어보는데 얼마 전 소피일 때 말이야, 그때 헤럴드가 내게 편지 한 장을 주고 갔었는데 그 편지 네가 쓴거지? 글에서 느껴지는 온도가 너인 것 같아서."

"내가 먼저 말할 생각은 없었는데, 맞아. 나라는 것까지 알았으면 내가 담은 뜻도 온전히 전해졌나 보다. 다행이네."

"그치 그걸 통해 내게 다시 한 번 '어른이란 무엇일까?'라는 질문을 던질 수 있었어. 그리고 또, 오늘은 12월 29일, 우리는 이틀 뒤에 어른이 된다."

"그래 맞아. 마침 내게 물어보려던 참이었어. 너에게 어른은 무엇인지."

"내게 어른이란 내가 지난번 너에게 말했던 것과 같다. 내게 어른이란 가볍게 나이만 먹어서 되는 존재가 아니지. 시간이라는 벽이 나를 어른이라는, 성인이라는 현실의 늪에 미는 것 같은 느낌이 들 때도 있다. 하지만 내가 정말 그 늪에 밀리는 순간 내가 빈손으로 떨어지지는 않더라. 어른이 됨에 있어 미성년자 때는 하지 못하는 많은 권리를 누릴 수 있게 되지. 어른이 되는 순간 술을 먹을 수 있고 부모의 동의가 있어야 했던 것들이 필요 없어지지.

난 어른이 되는 그 순간이 두렵다. 그래서 시간이라는 벽이 나를 낭떠러지에서 미는 듯한 이미지가 내 안에 자리 잡고 있는 까닭이겠지. 하지만 이런 생각은 아마 많은 이들이 가지고 있지는 않을 것이라는 생각이 든다. 내가 아까 말했듯 우리가 성인이 되는 그 순간 12월 31일에서 1월 1일로 넘어가는 그 순간 우리 손에 쥐어지는 더 많은 권리에 시선을 두는 이들이 더 많으니까. 12월 31일 11시 59분 59초에서 1월1월이 되는 그 찰나에 순간 눈을 감았다 뜨면 내 손에는 정말 많은 도구가 쥐어져 있을 거야. 그 도구들에 시간이 가 있다면 어쩌면 어른이 되는 그 1초 찰나의 순간이 기다려지겠지. 하지만 난 내가 생각하는 어른의 기준이 있고 그 어른을 내가 조종할 수 없는 시간이 나를 그곳으로 인도한다는 사실이 야속하게만 느껴질 때가 있는 거지. 하지만 또 내가 어른이 되는 시간을 선택할 수 있었다면 이런 저런 핑계를 대며 나의 죄를 아직 어린아이라는 이유로 덮어 내 안에 묻어버릇 했을 지도 모르지.

내가 지금 방황하는 건 아직 어린아이의 시행착오이겠지만,

내가 어른이 되어 방황한다면 그건 시행착오라 할 수 없다,

길 잃은 아이는 모르는 이라도 먼저 와서 도와주려 하지만,

길 잃은 어른은 그가 찾지 않는다면, 출발지점으로도 도착지점으로도 갈 수 없다.

헨젤과 그레텔 이야기. 우리가 어렸을 적 부모님이 읽어주던 동화책 주인공들이지. 그들은 길을 잃지 않기 위해 하얀 조약돌과 빵을 이용해 자신이 오던 길목에 하나 둘 놓으며 나중에 그 길을 다시 왔을 때 길을 잃지 않도록 미연의 방지를 하잖아? 내가 어른이 되는 길에서, 내가 어른이 되고 나서 난 그렇게 해야 한다고 생각해. 내가 정말 아무리 열심히 최선을 다해서 내 일들을 헤쳐 나아간다고 하여도 나는 분명히 언젠가 또 길을 잃고 방황하게 될 거야. 그때가 되어 내가 어디쯤까지 와서 길을 잃었는지 살피기 위해서는, 난 내가 얼마나 왔는지 나의 흔적을 남기며 걸어가야 하지. 생각해보자. 내가 나의 삶에서 내가 오던 길목에 하얀 조약돌을 뿌리며 왔던 시간과 길은 얼마나 될지. 기껏 해봐야 여명을 만든 지 1년. 그리고 성인이 되었을 때 난 지금의 여명과 같은 과정을 밟고 싶지 않다. 더욱 세분화

하여 각자의 언젠가 내가 바라는 큰 꿈을 이루게 될 수 있는 그날을 위해서 더 발전시켜야 하지. 설령 지금까지 내가 가는 길에 하얀 조약돌을 뿌리지 못했다면, 어른이 되는 그날부터는 뿌려야지. 내가 어떤 길을 왔었는지 알아야지.

길을 잃고 방황하는 어린아이.

길을 잃고 방황하는 어른아이.

하나의 획을 지웠다 다시 썼지만, 글이 전하는 슬픔의 정도가 다른 것은 동정일까 또는 위로할 수 없음에 안타까워하는 것인가를 잘 떠올려봐."

"그래서 넌 이제 어떻게 할 예정인데?"

백톰의 질문에 프로노스는 당당히 생각을 열거하지 못하고 그대로 멈추었다.

"사실, 난 아직도 잘 모르겠다. 맞아 우리는 어른이 되지. 그리고 이대로 머물 수 없다는 사실도 난 인지하고 있어. 하지만 난 정말 어떻게 해야할까…?"

"하…… 난 어떻게 살아야 하지? 남들과 다른 시작, 남들과 다른 시야를 갖는 것은 좋은 일이지. 그로 인해 난 어른의 시작부터 이런 고민을 하니… 하지만 난 아직 그 무게를 견딜 준비가 안 되어 있는 것 같다."

"넌 알고 있어. 프로노스, 네가 가장 빠르다는 걸. 네 말처럼 누구나 자신이 가장 두려워하는 일 또는 정말 상상하지 못한 일이 언젠가는 큰 파도가 되어 나의 삶에 다가오게 될거야. 한 번 큰 파도가 지나가고 나면, 내가 걸어왔던 발자국도 안 보일 수 있고 너의 하얀 조약돌도 떠내려간 뒤겠지. 그런 상황이 닥쳤을 때 그 자리에 앉아 후회하겠지. 이제는 어린아이처럼 이 힘든 상황을 해결해달라고 떼를 쓸 나의 몸은 어느새 어른이 되어 홀로 그 곳에 남겨졌다는 걸. 프로노스 넌 그걸 그제서야 알면 안 돼. 파도가 오지 않도록 방파제를 세우면 좋겠지만 그건 어느정도 불가능한 영역에 발을 들이고 있다.

그러니 넌 하얀 조약돌을 그저 흩뿌리며 가는 것이 아니라. 그 돌을 땅에 못으로 그리고 망치로 단단히 고정시키며 걸어야지 큰 파도가 와도 네가 떠밀려가도 네가 걸었던 길을 인지해야지. 그리고 설령 그 파도가 너 때문에 왔을지라도 모난 조약돌이라고 여겨져도 절대 뽑아서는 안 돼. 그 돌들의 크기 모양 조금 얼룩진 생김새 하나하나를 다 기억하며 걸어야지. 어른이 되는 길. 쉽지 않겠지. 그리고 더 성숙해질 너를 맞이하고 싶은 새해라면, 네가 지금까지 돌을 흩뿌리며 왔다면 새해가 얼마남지 않은 시간 너의 기록에 담긴 너의 그 조약돌들이 어떤 색이였는지 어떤 모양이였는지 조금 모난 돌도 정말 예쁜 모양인 돌도 하나하나 네 마음을 담아 네 뒤에 둬. 그리고 언젠가 네가 성인이 되고 뒤를 돌아봤을때는 그 돌 밑에서 꽃이 피어날 수도 있겠지. 그렇다고 내가 핀 꽃을 보겠다고 뒤돌아서 꽃이 핀 장소로 내려가지는 마. 시들지 않기를 원한다면, 멀리서 물이라도 뿌려.

네가 찬란히 빛나던 때를 떠올려도, 내가 앞으로 가면서 뒤에 꽃이 피더라도, 그때와 같음을 희망하지마. 네가 뒤로 간다면 찬란함의 한계는 그뿐. 너는 더 이상 빛날 수 없다. 앞으로 남은 이틀. 너의 조약돌 잘 정리해서 못 박아둬.

프로노스, 어쩌면 나의 분신. 네가 발전을 바라지 않는다면 난 너의 생각도 이런 조언도 하지 않았을거야. 하지만 네가 발전을 바라기에 난 이런 뜻을 전한다."

프로노스는 이날부터 12월 31일 오후까지 자신의 하얀 조약돌들을 흩뿌려놓은 길을 천천히 걸으며 왜 이곳에는 이 조약돌을 두었는지, 저곳에는 왜 저 조약돌을 두었는지 살피며 모난 조약돌도 하나하나 그 길에 고정되어 있을 수 있도록 못 박아둔 채 마지막 에드윈과 처음 새겼던 조약돌까지 담았을 때 다시 뒤를 돌았다.

"가끔 보러 올 건데, 멀리서 볼게. 더 멀리서 보고싶다. 너희들이 다시 보일 때까지. 다시 너희를 마주할 수 있는 시야를 갖게 될 때마다 뒤를 돌아볼게. 하지만 그때는 전과 같은 나는 아닐 거야. 그래서도 안되고. 내가 좋아했던 돌. 모나서 옆 길목으로 쳐내고 싶던 돌들도 내가 왔던 길목에 바람에도 파도에도 쓸려가지 않도록 고정시켜두고 간다. 너희를 다시 볼 수 있을 때가. 저 돌도 이 돌도 나중에 어떻게 사용할지 이성적으로 판단하며 너희를 다시 마주할 때가 내가 어른이 된 날이겠지. 다시보자.

시간은 공평하다고 느껴질 때도 있고 때론 매정하다.
또 한편으로는 누군가 공평하지 않다고 하는 것이 정말로 공평한 것이 아닐까 라는 생각을 들게 만들기도 한다. 프로노스는 인생에 큰 파도가 오길 바란다. 불행하기를 희망한다. 그로 인해 더욱 성장할 자신이 있기 때문에. 하지만 어른이 되는 순간이 두려운 건 자신이 선택할 수 없기 때문이다.

시계를 정확히 맞춰본다. 내 성인의 시작을 알기 위해서 그리고

10
9
8
7
6
5

4

3

2

1

나는 어른이 되었다."

20xx.1.1

"한참을 울었다.

유서를 쓸때처럼 그대들의 얼굴이 하나하나 떠오르는 밤입니다.

한 명 한 명 얼굴 떠올리며 그대들의 밤도 나와 같을지 떠올려봅니다. 여명의 친구들은 각자 되고 싶은 어른에는 가까워진 찬라의 순간이었는지 그 뒤에 네가 보였는지, 많은 도구들을 한 순간 얻었을 때 두렵지는 않았는지. 막상 되고 보니 별거 아닌 것 같은지.

어머니, 아버지. 오늘은 방구석에서 혼자 쓸쓸히 밤을 맞이해 봅니다. 지금까지의 해들은 같이 보냈었는데 내가 어른이 되는 이 순간, 같이 있지 못함에 아쉬움 내 뜨거운 입김에 조금 담아 보냅니다. 이 순간 그대들의 얼굴을 떠올렸을 때 눈물이 나오는 건 조금도 아니고 펑펑 흐르는 건, 난 어쩌면 지금 이 순간에 그대들에게 안겨 다음이 두렵다고 하소연하고 싶었을지, 아직 서툰 아들이라고 어리광부리고 싶은 밤이어서 그럴까요."

이 날 프로노스의 일기처럼 프로노스는 이날 정말 많이도 울었다. 시계를 보고 분명 10분도 채 남지 않았을 때까지만 해도 괜찮았는데, 막상 닥치니, 정말 그 때가 되니 눈물이 앞을 가렸다.

이 모든 것을 다시 객관적으로. 나를 제 3자처럼 바라보고 글을 남길 수 있는 난 프로노스이다. 그리고 이 책은 나의 일기이다. 내가 나의 이름 프로노스를 '나'라고 지칭하지 않은 것은 나 또한 다른 인물로 바라보고 담아야 온전히 나를 담을 수 있을 것이라고 판단했기 때문이다. 그것이 내가 정의한 어른이니까. 그래서 이 일기 마지막에서야 '나'라는 단어에 내 이름 프로노스 리슨을 넣어 쓴다.

내가 만든 여명은 떠오르는 태양을 지칭한다. 그리고 내가 바라는 어른에 가까워짐을 느낌에 '나'라는 태양이 뜨고 있음을 느낀다. 이 태양이 하늘 높이 떴을 때 다시 떨어지지 않도록 그때의 난, 우리는 떠오르는 태양이 아닌, 지지 않는 태양을 의미하는 백야가 되길.

그리고 이제 프로노스 나의 이름을 담아 써내려갈

제20장 "

에필로그

흥미로운 글이었는지, 볼품없는 글들의 나열이었는지 모르겠습니다. 처음부터 끝까지 읽으신 분들이라면 예컨대 처음 부분에서는 주인공 프로노스를 포함한 인물들이 하고 싶은 이야기가 무엇인지 정확히 알기 힘들었을 것이라고 생각해요. 질문들의 연속이지만, 명확한 답은 적혀있지 않고 중구난방으로 써 있는 그들의 말들을 보았을 때 정확히 그 인물이 무엇을 말하고 싶은 것인지 헷갈리셨나요? 그렇다면 정말 다행이네요. 이 책은 저의 성장 과정을 그대로 담은 책이에요. 그래서 책의 초반에 나오는 이야기들부터 나중에 나오는 이야기들 순으로 제가 했던 생각들의 나열입니다. 이 책을 쓰려고 이전에 썼던 일기들을 펼쳐 보았을 때 일기를 적을 당시에 제가 하고 싶었던 말이 무엇이었는지 정확히 파악하기가 힘들었어요. 그래서 그런 부분들을 이 책에 담을 때 수정을 거쳐서 이해가 되기 쉽도록 바꿀까도 고민했었지만, 오히려 서툴렀던 부분들을 담는 것이 진짜 저를 담는 것 같아서 책에 처음에서 뒤로 갈수록 주인공인 프로노스가 하고 싶은 말이 명확해지도록 만들었어요.

책을 읽으시며, 의문이 또 들었다면 아마 프로노스가 언급하는 '대의', '꿈의 끝'이 아닐까 싶어요. 추상적으로만 표현되고 책 내에서 직접적으로 언급되지는 않아서 무엇을 말하는 건지 궁금했을지도 모르겠어요. 사실 그건 이 책을 쓰는 저 본인, 하소영의 꿈인데 직접적으로 표현할까 하다가 일부러 추상적으로 두고 말하지 않아야겠다고 다짐한 이유는 책을 다 읽으실 때까지 그리고 읽은 후에도 궁금하셨으면 해서 빈칸으로 두었어요. 지켜봐 주세요. 저의 꿈의 끝은 무엇이고, 대의는 무엇인지.

책에 나오는 인물들은 소피를 포함해서 총 8명인데, 이건 내 자아를

8개로 쪼개서 책에 녹였다고 생각해주세요.

처음 이 책을 쓰자고 생각했던 건 2021년 추석이었어요. 그때 문득 '추상적인 단어들에 나만의 정의를 내려서 나라는 사람을 더 단단하게 만들 수 있지 않을까?'하는 생각에 한 달에 하나씩 단어를 정해서 1년동안 12개의 단어에 나를 담아 나만의 정의를 내리고, 다음 1년은 정의한 단어 12개를 더 가꾸어 책에 담아보자고 생각을 했었어요. 그렇게 2년의 시간을 보내고 일기를 보았을 때 12개의 단어만이 적혀있는 것이 아니라, 제가 보고 느낀 것들이 많이 적혀 있었어요. 그래서 12개의 단어만을 책에 담는 것보다는, '내가 느꼈던 전부를 담는 책을 만들어볼까?'하는 생각이 들었어요. 그래서 '수능이 끝나고 책을 써봐야겠다.'라는 다짐을 하고 수능이 끝나고 책을 써 이제야 내가 봤던 세상을 보여줄 수 있네요. 그래서 이 책에는 제가 정의했던 12개의 단어들이 이곳저곳에 숨어 있어요.

처음에 책 제목은 7장인 "나는 불행하기를 희망한다"였는데, 쓰다 보니 저 문구가 메인이 되는 것보다는 나의 삶의 포부를 담는 것이 더 멋있을 것 같아 "내 생에 봄이 온다면, 눈은 내가 녹였으리라."로 다시 정했었는데, '어떤 어른이 되고 싶은가'에 더 집중하고 싶어서 제목을 이렇게 정했습니다.

여기까지 읽어주셔서 정말 감사합니다.

마지막으로, 내 '나'라는 단어에 프로노스 또는 소피
그리고 하소영이라는 이름 석자를 담아.

나의 어른에 대해서

1 판 1 쇄 1쇄 발행 2025년 1월 3일

지 은 이 하소영
펴 낸 이 김혜라

진   행 김서연
편   집 박은주
마 케 팅 김태혁
디 자 인 최진영

펴 낸 곳 도서출판 상상미디어(등록번호 제312-1988-065)
주   소 서울 중구 퇴계로30길 15-8 무석빌딩 5층
전   화 02-313-6571~2, 02-6212-5134
전자우편 3136572@hanmail.net

ISBN 978-89-88738-39-9(03810)
값 14,000원